顾随文集

顾随 著

下

下编

词 选

蝶恋花

少岁诗书成自误。将近中年,有甚佳情绪。仆仆风尘衣食路。茫茫湖海来还去。　　殢酒销愁愁更苦。醉里高歌,醒后心无主。客舍怕听闲笑语。开窗又见廉纤雨。

南歌子

倦续黄粱梦,闲倾碧玉杯。醒来还是旧情怀。爱看斜阳沉在碧山隈。　　浪软温柔海,灯明上下街。中原却被夜深埋。那更秋风秋雨逐人来。

临江仙 _{送君培北上}

去岁天坛曾看雨,而今海上秋风。别离又向月明中。沙滩潮定后,戏浪与谁同。　　把酒劝君君且醉,莫言我辈终穷。中原逐鹿几英雄。文章千古事,手障万流东。

临江仙

三载光阴东逝水,问君事业何如。七长八短数茎须。更无真面目,负此好头颅。　　记得当年携酒处,宵深月满平湖。白莲香嫩着花初。今宵残月在,梦到济南无。

少年游

饱尝苦酒,闲成闷睡,此意自家知。海水温柔,天魔冶艳,吾愿老于斯。　　鳞伤遍体疤痕在,剩有命如丝。休矣先生,几根胡子,卖却少年时。

定风波

<small>潮声入户,败叶敲窗,秋宵独坐,填此自遣。</small>

纵酒吟诗莫说愁。晚来天气好清游。镇日西风吹碧浪。波上。长空万里几渔舟。　　树树霜枫红似锦。缘甚。满林黄叶不禁秋。腰脚中年应未老。谁道。归来已是怕登楼。

词　选

破阵子

飘荡满林黄叶,凄凉镇日空斋。十月霜风吹正紧,一寸眉心展不开。寒衣谁与裁。　　卖赋无聊事业,衔杯潦倒情怀。早想云中传雁信,直到而今尚自猜。雁儿来不来。

蝶恋花

前意不畅,再赋此即寄荫君。

仆仆风尘何所有。遍体鳞伤,直把心伤透。衣上泪痕新叠旧。愁深酒浅年年瘦。　　归去劳君为补救。一一伤痕,整理安排就。更要闲时舒玉手。熨平三缕眉心绉。

临江仙

石佛、樗园对神仙对。石佛出海上一孤鸿,樗园得天边无伴月。余甚爱之,因赋此阕。

无赖渐成颓废,衔杯且自从容。霜枫犹似日前红。争知林下叶,不怨夜来风。　　病酒重重新恨,布袍看看深冬。石阑干畔与谁同。天边无伴月,海上一孤鸿。

采桑子

重来携酒高歌地,依旧飞沙。依旧啼鸦。绕遍湖堤不见花。　惯经作客凄凉味,便不思家。争奈天涯。醉卧醒来日又斜。

八声甘州 春日赋寄荫君

嫩朝阳一抹上窗纱,依然旧书斋。尽朝朝暮暮,风风雨雨,有甚情怀。记得君曾劝我,珍重瘦形骸。不怨吾衰甚,如此生涯。　底事年年轻别,只异乡情调,逐事堪哀。看两行樱树,指日便花开。好遗君、二三花朵,佐晨妆、簪上翠鸾钗。算同我、赋诗携手,共度春来。

贺新凉

海上春无主。嫩杨枝、匀黄未遍,怎生飘絮。姹紫嫣红无消息,漫道美人迟暮。算只有、几行樱树。细雨初晴残照里,被春风吹落枝头露。花未放,艳如许。　花如解恨花应语。

是伊谁、东瀛取种，移栽中土。故国华魂飞不到，一片异乡情绪。便待得、嬉春游侣。十里红霞迷望眼，更香车宝马樱花路。谁会得，此心苦。

好事近

几日东风暖，惟有杏花偏懒。山下木兰才放，甚春深春浅。　　衔泥双燕未归来，寂寞空庭晚。谁去画梁相对，说春长春短。

高阳台

客里高歌，愁来善病，难忘小扇题诗。黄叶飘零，年年长怕秋时。而今更似空心柳，弄晚晴、无力垂丝。便销磨、暖日薰风，依旧枯枝。　　浮生事业真休矣，剩盈箱故纸，半卷新词。一朵空花，宵深入梦还迟。醒来眼底苍茫甚，正打窗、夜雨凄其。镇伤心、愁也无名，说与谁知。（旧岁题扇诗曾有身如黄叶不禁秋之句）

浣溪沙

行尽山巅又水涯。依前毡笠与青鞋。可怜全没好情怀。晚汐有声随月上，夭桃无力背风开。凭阑且待燕归来。

踏莎行

已撤冰壶，更捐秋扇。客中漫说柔肠断。故乡岂只少湖山，宵深也没流萤看。　　叶底花前，乍明还暗。随波去作寒星散。不知能有几多光，共人彻夜心撩乱。

忆少年

读晁无咎别历下词，不禁黯然，即步其韵。

年年西去，年年东上，年年为客。知交尽分散，叹关河阻隔。　　户户垂杨泉水碧。试重寻、旧游踪迹。何人解青眼，剩湖光山色。

一萼红

静无尘。乍湿云收雨,远树带斜曛。木槿飘零,紫薇开罢,半池秋水粼粼。西风里、金销翠贴,剩几朵、留与看花人。夜月欺风,朝阳羞露,尽够销魂。 长记泛舟湖上,有管弦如沸,士女如云。夕照深红,远山澄碧,荷香时落芳樽。更谁教、东来海上,向此处、特地著殷勤。待共蛩吟乱草,细话酸辛。

望远行 寄荫君

开尽荷花夏已阑。一任红摧绿残。瑶笺寄与诉流年。语多翻觉作书难。 神黯澹,恨无端。尽日西风画帘。思君应是湿云鬟。月弯弯处倚阑干。

祝英台近

夏初阑,秋正苦。黯黯半天雨。乳燕双归,怕教岁时误。夜深忘我怀人,鸳笺一纸。问写出、几多情绪。 月当午。

梦里离合悲欢，觉来试重数。身世年华，一般似尘土。也思放下毛锥，细沉吟处。放不下、一腔酸楚。

婆罗门引 咏美人蕉

年年此际，湘江无处吊湘妃。招魂不见魂归。留得一丛花在，雨过湿萤飞。正魂兮月下，化作芳菲。　　遗钿剩脂。不磨灭，自葳蕤。况是香肌成土，玉骨成灰。娇红几朵，植根在、千载艳尸堆。休尽望、绿瘦红肥。

蝶恋花 重阳寄君培

一自故人从此去。诗酒登临，都觉无情趣。怕见太平山上路。苍苔蚀遍题诗处。　　客里重阳今又度。待到黄昏，依旧丝丝雨。颜上愁纹深几许。草虫相对都无语。

岁岁悲秋人渐老。越没心情，越是多烦恼。旧日酒边开口笑。而今醉后伤残照。　　竟日雨声浑未了。点点丝丝，入耳成单调。为是黄昏镫上早。蓦然又觉斜阳好。

丑奴儿慢

群山睡去,空际繁星临照。半山里、楼台镫火,特地无聊。立到三更,下弦月上海生潮。风来何处,飘零败叶,只是萧萧。　　尚忆去年重阳,抱病携酒登高。雨中采、黄花插鬓,踏遍蓬蒿。近日情怀,没花没酒没牢骚。文章幻梦,年华流水,剩有魂消。

醉花间 题叶上寄君培

说愁绝,更愁绝。愁绝天边月。十五始团圆,十六还成缺。　　野旷树声悲,楼高镫影澈。若问此时情,一片新黄叶。

还京乐

近来苦,酷似寒天暮日归路近。况深秋天气,剪风寂雨,闲怀孤闷。看翠岚凝碧。秋林一片红黄晕。叶落处山鬼,报我天涯愁讯。　　叹凄凉甚。记京华、旧日红尘,满目飞沙,疏雨阵阵。桥边浅水琤玸，悄无人、漏残镫烬。柳枝稀、还挂月含情，临风散恨。此际成惆怅，潮声撩乱方寸。

渡江云

去岁园西池畔霜枫如锦，今岁重阳雨过独往访之，则陨黄满地，非复昔时盛观，赋此吊之。

西园曾几日，小桃落尽，雨又打残荷。夏阑秋渐暮，似水韶光，催老嫩杨科。青枫池畔，漫纷披、苍翠枝柯。如向人、含情低语，待我醉颜酡。　　如何。重阳过了，黄叶枝头，只随风婆娑。料夜来、秋魂惨澹，雨泪滂沱。妒花长是天公意，问红叶、底事多磨。枫不语，秋池时起微波。

蝶恋花

时序恼人秋已暮。过了重阳，莫漫登高去。白日晦冥云酿雾。黄昏黯澹风吹雨。　　自倚危楼时极目。海水连天，不见风帆舞。欲觅海天交界处。悠悠一线山前路。

蓦山溪 述怀戏效稼轩体

填词觅句,镇日装风雅。猛地梦醒来,是处堪愁人潇洒。樱花路上,来往不逢人,红叶底,小池边,闲杀秋千架。　新愁不断,愁不教人怕。最怕是闲来,心如叶、西风吹下。古人堪笑,寻地好埋忧,问何似、唤愁来,却共愁厮打。

圣无忧

以红叶两片寄屏兄,覆书以诗索词,因有君培前例,填此却寄。

落叶东山下,殷红一似花飞。殷勤拾得殷勤寄,莫任晓风吹。　记采西山黄叶,题词寄与君培。红黄依样秋颜色,不是向伊谁。

定风波 改旧作寄君培

口北黄风塞北沙。三千里外是京华。那里友人情绪好。常道。风中乞丐雨中花。　海上飘零豪气尽。休问。上楼怕见夕阳斜。不住他乡何处住。归去。可怜归去也无家。

望海潮

无边枯草,千山落木,黄昏一阵西风。豪兴渐衰,诗情日减,应难作个诗翁。新恨一重重。恨相思未了,绮梦无踪。万里烟波,夕阳难照海云东。　　西园落尽疏桐。见流天孤月,渡海征鸿。休怪暮潮,涛声怒吼,飞花直上遥空。长怪是初冬。有几枝桃蕊,几树丹枫。不耐凄凉,者般时候向人红。(园中桃树,秋深有开花者。)

唐多令

秋叶总堪伤。不禁风力强。水边枫、一半陨黄。红是泪珠黄是病,算依样,断人肠。　　歧路久彷徨。他乡成故乡。把无聊、并作清狂。潦倒心情秋后树,才过雨,又斜阳。

南乡子

岁暮自青岛赴济南,欲归无计,小住为佳。

记得海中央。万里烟波泛碧光。底事西来重作客,昏黄。日落青山那壁厢。　　常自恨颠狂。错认他乡作故乡。昨日鹊华桥畔过,苍茫。不见芦芽一箸长。

我亦有家园。归去真成蜀道难。年去岁来还故我,依然。羞见城南一带山。　锦字寄平安。眼看残冬岁又阑。夜晚街头人独自,无言。一任雪花打帽檐。

行香子 三十初度自寿

陆起龙蛇。归去无家。又东风、悄换年华。已甘沦落,莫漫嗟呀。拚一枝烟,一壶酒,一杯茶。　我似乘槎,西渡流沙。走红尘、晚日朝霞。卅年岁月,廿载天涯。共愁中乐,苦中笑,梦中花。

不作超人。莫怕沉沦。一杯杯、酸酒沾唇。读书自苦,卖赋犹贫。又者般疯,者般傻,者般浑。　莫漫殷勤,徒事纷纭。浪年华、断送闲身。倚阑强笑,回首酸辛。算十年风,十年雨,十年尘。

春日迟迟。怅怅何之。髻星星、八字微髭。近来生活,力尽声嘶。问几人怜,几人恨,几人知。　少岁吟诗,中岁填词。把牢骚、徒做谈资。镇常自语,待得何时。可唤愁来,鞭愁死,葬愁尸。

清平乐

孤眠况味。似睡还非睡。窗外几重山共水。枕上两行清泪。　残花谢去空枝。燕来也没人知。好是黄昏微雨,垂帘整理相思。

鹧鸪天

午睡醒来觉嫩寒。间庭徐步袷衣单。园花未醒三春梦,山柳才吹四月绵。　愁不断,梦回环。共伊隔得几重山。相思谁道催人老,使我情怀更少年。

临江仙

君培书来,劝慰殷勤,以词答之。

拄杖掉头径去,新来常爱登临。小红楼上六弦琴。四围山隐隐,万古海沉沉。　眼下千秋事业,生前几寸光阴。三千里外故人心。倚阑良久立,北望一沾襟。

蝶恋花

昨夜宿醒浑未醒。睡起凭阑,两岸青山拱。底事潮平风不定。清波难照青山影。　　阶下梧桐阴满径。开尽桐花,谁见桐花凤。莫怪新来无好梦。爱神烦恼诗神病。

临江仙

尽把中年哀乐事,销磨低唱微吟。晚来独自立桐阴。夏云随意幻,海水似愁深。　　时有空花来梦里,梦醒何处追寻。此身争信老浮沉。文章千古事,时叙百年心。

木兰花慢

又他乡聚首,试携手,赋同行。且享用今宵,班荆道故,莫话离肠。相将。海滩坐久,但时闻、草木散幽香。更喜沙平浪软,山村镫火昏黄。　　斜阳。西下海茫茫。何处是吾乡。算射虎山前,放牛林下,一样收场。文章。有如爝火,只人生、到此慢凄凉。君看孤星一个,尚摇万丈光芒。

浣溪沙

高树吟蝉过别枝。透窗凉意一丝丝。双星别了不多时。也有空花来幻梦,莫将残照入新词。情怀还是自家知。

采桑子

一重山作天涯远,君住山前。侬住山间。山里花开山外残。　　红楼碧海相思地,卷起珠帘。倚遍阑干。又见山前月一弯。

清宵细数当年事,酒意阑姗。别意缠绵。月满平湖各下船。　　人生原是僧行脚,暮雨江关。晚照河山。底事徘徊歧路间。

归国谣

如梦里。昔我东来才廿四。湖海飘零数岁。行年三十矣。　　车上吟诗醒醉。不多闲意味。云罩群山入睡。月明无力气。

水调歌头

拄杖去东海，依旧客他乡。心头眼底愁思，景物共苍茫。楼外夕阳冉冉，天半黄尘滚滚，镫火渐辉煌。也没鞠花看，屈指近重阳。　　一杯酒，三更月，九回肠。卅年岁月，回首何事苦凄惶。低唱微吟事业，乞食吹箫生活，人世漫雌黄。试拂箧中剑，尘渍暗无光。

鹧鸪天

记得飘零碧海滨。枫林霜染最相亲。而今辗转风沙里，尚有殷勤寄叶人。　　真似假，假还真。常疑红叶是前身。夜深持向镫前看，怕有年时旧泪痕。

临江仙

廊下风吹败叶，绕阶故故悲鸣。愁人已是不禁听。那堪镫烬后，寒柝报更声。　　处处追求寂寞，时时厌恶聪明。人生原是苦修行。今宵无好梦，欹枕数秋星。

踏莎行 岁暮晤君培、继韶京师

岁暮情怀,天寒滋味。他乡又向尊前醉。路镫暗比野磷青,天风细碾黄尘碎。　炉火无温,烛光摇穗。布衾如铁难成寐。联床试共话凄凉,枕边各有酸辛泪。

忆秦娥 次日同至北海看雪

同为客。尊前醉后愁休说。愁休说。暂时相遇,霎时离别。　词锋渐钝词源竭。倚阑同看西山雪。西山雪。高城一片,暮云千叠。

浣溪沙

恻恻轻寒似早秋。晓阴天气尚披裘。未衰筋力懒登楼。记得昨宵桥上立,长河冻解带冰流。春星几点月如钩。

词选

鹧鸪天

灯火楼台渐窈冥。长街寥落少人行。笼云月色浑疑睡,落地雪花似有声。　　思辗转,恨飘零。春宵长忆济南城。隔窗暖雨潇潇下,出水芦芽短短生。

夜飞鹊 津门晤樽园

他乡共樽酒,长夜漫漫。残雪在,弄轻寒。阑干东畔小窗外,半规凉月娟娟。东山旧游地,记高歌林下,戏浪沙滩。前尘几日,算而今、屈指三年。　　闻说大江东去,千古几英雄,都被催残。何况词人无赖,飘零塞北,憔悴江南。青春尚在,只情怀、不似从前。任孤镫寻梦,长街踏月,我欲无言。

百字令

屋山起伏,正沉沉无际,黯淡如铅。向晚阴云低压处,横空几道苍烟。冻解长河,冰流春水,减得几分寒。绕廊徐步,隔窗闻弄哀弦。　　见说山水清音,楼台胜境,自古让神仙。

争奈自家尘福浅,谁教偏住人间。四载明湖,三年东海,二月杏花天。眼前何物,雪花飞上阑干。

满江红　与樽园夜话

二月南天,便已是、绿杨城郭。雨声里、棉裘乍暖,袷衣犹薄。滚滚大江流日夜,悠悠一水分南北。且相将、同上酒家楼,樽前说。　　舟欲渡,风涛恶。君莫使,蛟龙得。挣千秋事业,半生飘泊。长夜渐消镫烛里,余寒尚在阑干角。看曈曈、旭日上窗来,东方白。

鹧鸪天

向晓阴阴向晚晴。又来此地过清明。黄云都带金银气,白雨还浮酒肉腥。　　词不就,句难成。诗人莫怪少诗情。紫泥涨入桃花水,流过红桥不作声。

采桑子

恼人天气微吟好,雨细风斜。煮酒分茶。三月清明不见花。　　故人辞我乘风去,歧路三叉。一剑天涯。道出芒砀夜斩蛇。

乍寒乍暖清明近,时序匆匆。烟霭濛濛。眼底长街卧雨中。　　楼高偏近危栏倚,数尽征鸿。望断残虹。扑面吹来昨夜风。

汉宫春

梦里神游,又观潮海上,拄杖山前。天边数声画角,惊起清眠。阑干遍倚,但心伤、破碎河山。浑忘却、斜风细雨,朝来做弄新寒。　　楼外长杨吐穗,任风吹雨打,权当花看。清明昨朝过了,事事堪怜。垂杨甚处,更红楼、不出秋千。君不见、堂前燕子,只今尚住江南。

青玉案

秾桃艳李春犹浅。踏青去、心情懒。燕子归来偏又晚。清明过了,轻寒未减。暮雨纱窗暗。　　新来莫道音书断。入梦时时记重见。夜半镫花和泪剪。红楼一角,春星万点。人在江南岸。

雨中花慢

哀乐中年,无计安排,倚阑独自沉吟。问眼前甚处,高树鸣禽。大地风沙漠漠,长街景物沉沉。算来鸿去燕,消息全无,也到春深。　　神游梦里,高歌醉后,醒来重费追寻。君便道、随时自爱,争不伤心。天气浑如旧恨,无聊直到而今。一朝轻暖,半夜轻寒,整日轻阴。

菩萨蛮

春江鱼浪空千里。锦书好寄愁难寄。休再上高楼。悲风生暮愁。　　看看三月半。不见双飞燕。楼阁印晴空。角声残照中。

清平乐

春归何处。偏是今年苦。未见花飞和絮舞。已道春将暮。闲庭谁共徘徊。自家料理情怀。错把夕阳蝙蝠，当他燕子归来。

天仙子

万丈游丝心不定。佛国仙山空泡影。人生原自要凄凉，春暮景。年时病。无奈衣轻愁绪重。　　天气恼人嫌昼永。试问春归谁钱送。江南江北起烟尘，风力猛。笳声动。落日无言天入梦。

御街行

春光九十成婪尾。且休洒、伤春泪。此间原不要春光，说甚留春无计。试看窗外，黄尘万丈，尽日风吹起。　　楼台车马知何似。似穷塞、非人世。明驼迤逦渡平沙，衰草寒烟无际。黑山列帐，黄昏吹角，夕照苍茫里。

鹧鸪天

月影银灰更淡黄。深宵不寐又他乡。楼前杨叶潇潇雨,架上藤花细细香。　　才小立,觉微凉。低头负手踱回廊。不知月子沉西去,却看随身影渐长。

临江仙　题纳兰《饮水》《侧帽》二词

笔底回肠宛转,梦中万里关山。断肠不只赋离鸾。生成应有恨,哀乐总无端。　　蝶梦百花已苦,百花梦蝶堪怜。乌龙江上月初三。自开新境界,何必似《花间》。

青玉案

阴晴寒暖无凭准。又午夜、风声紧。坐久思眠眠不稳。窗前有个,江南燕子,没个江南信。　　月来床上镫生晕。两样清光几多恨。月影镫光谁远近。闷无人理,愁无人管,病了无人问。

木兰花慢

正东风送雨,急檐溜,恨楼高。更万点繁声,藤萝架底,薜荔墙腰。深宵。隔窗听取,者凄清、全不减芭蕉。何况长杨树上,平时已爱萧萧。　　迢迢。断梦到江皋。愁思正如潮。恁夜半危楼,一条残烛,争禁飘摇。山遥。更兼水远,想故人、此际也魂销。两地一般听雨,不知谁最无聊。

临江仙 继韶屡有书来却寄

脑海时时翻滚,心苗日日干枯。昔年故我变今吾。莫言今已老,不老便何如。　　少岁没曾挣扎,中年落得空虚。斜阳冉冉下平芜。故人千里外,羞寄数行书。

绮罗香

旧日豪情,中年乐事,屈指已成乌有。万斛闲愁,捐起掉头而走。挣暂时、眼下安生,经多少、不堪回首。算人生、原自无聊,思量万物尽刍狗。　　年时犹记醉里,爱道高歌鼾睡,全忘昏昼。争奈醒来，又到销魂时候。惊打窗、细雨斜风，怕照眼、落花疏柳。只而今、常把凄凉，细尝权当酒。

高杨台 _{戏咏榴花}

续命丝长，聚头扇小。年年此际他乡。底事今年，单衣尚觉微凉。蔷薇开老藤萝谢，只榴花、娇立东墙。祝东皇、莫便匆匆，又使飞飏。　　红英几朵明如火，正才干宿雨，乍试严妆。叶叶枝枝，鲜明偏称初阳。千重芳意知何许，共朝霞、映上纱窗。暗思量、便似相思，烧断回肠。

水调歌头

佳节届重五，离别在他乡。回看四座无语，寸寸搅柔肠。为问先生何事，连日登台说法，意气转飞扬。尝遍人生苦，有泪且深藏。　　君知否，风惨淡，云苍茫。河山破碎，斜日画角正悲凉。肩上千秋事业，眼下几条道路，纵横少年场。挥手自兹去，努力爱韶光。

望海潮

夕阳楼阁,无人院宇,天西一段明霞。阶下去来,阑边徙倚,似闻向日喧哗。夜半自分茶。忽潇潇飒飒,风雨横斜。不道凄凉,长杨声里又鸣笳。　　年来强半天涯。惯飘零湖海,辗转风沙。还记旧游,平湖夏夜,月华浮上莲华。回首暮云遮。问此间别后,有甚堪嗟。第一难忘今宵,风雨困榴花。

浣溪沙 咏马缨花

一缕红丝一缕情。开时无力坠无声。如烟如梦不分明。
雨雨风风嫌寂寞,丝丝缕缕怨飘零。向人终觉太盈盈。

以上七十八首选自《无病词》。一九二七年夏自印五百册。扉页有题辞:"也有空花来幻梦,莫将残照入新词。"

南乡子

送君培赴哈埠,继韶赴吉林。

镜里鬓星星。秋日那堪又别情。离合悲欢多少事,吞声。身是行人却送行。　迢递短长亭。判着飘流过此生。莫似昨宵天上月,凄清。到了中元不肯明。

鹧鸪天

一阵潇潇正打窗。窗前独立断无肠。故人昨夜三千里,秋雨今朝第一场。　思避暑,爱追凉。天时人事尽堪伤。已判同作流离子,好认他乡是故乡。

木兰花慢

卜者午夜吹笛,怆然有触予怀也。

是何人弄笛,惊旅客,使魂销。想身外茫茫,行来踽踽,深巷迢迢。尘嚣。渐随夜杳,但霏霏露湿敝缊袍。空际几声颤响,悲凉更甚伤箫。　难消。清泪如潮。空令我,酒频浇。

词　选

有谁将命运,双肩担起,一手全操。徒劳。暗中摸索,奈千家闭户卧凉宵。试问一枝笛子,甚时吹到明朝。

临江仙

君培书来,颇以寂寞为苦,赋此慰之。

自是诗人年少,世人艳说诗翁。诗心好共夜镫红。窗前山断续,门外水西东。　　几个追求幻灭,何时抓住虚空。相思有路路难通。松花江上好,莫管与谁同。

浣溪沙

余喜朝眠,而牵牛花晨开,余兴而花萎矣,秋蝶飞来,盖与余同有苍茫之感也。

白露泠泠湿碧苔。昨宵无寐起裴回。牵牛不向月中开。
今早起迟缘睡好,上窗红日下空阶。牵牛开罢蝶飞来。

玉楼春

马缨别我初生萼。今我归来花已落。剩余绿叶耐秋凉,无复红丝悲命薄。　　而今悔杀当时错。理尽回肠难忘却。恰如花并不曾开,越发教人生寂寞。

十拍子

别京友。起二语乃出都时所得,兹足成之。

别旧暗牵旧恨。送行都是行人。也有沉江浮海志,可惜南来北去身。廿年常苦辛。　　耳畔数声珍重,城头一片黄尘。漠漠秋空无去雁,淡淡西山横断云。断肠复断魂。

台城路

梦中醒后迷离甚,思量不成啼笑。裊裊西风,去年送我,独上邯郸古道。中秋又到。漫静掩屏帏,防他月照。点检相思,旧来新近共多少。　　当年离别恨早。相思无益处,空赚烦恼。歧路徬徨,他乡羁旅,能得几年年少。闲愁最好。且莫说销愁，合偕愁老。浊酒三杯，夜深判醉了。

汉宫春

底事悲秋，试倚楼闲眺，一院秋光。牵牛最无气力，引蔓偏长。疏花数朵，待开时、又怕朝阳。浑不似、葵心向日，一枝带露娇黄。　　蛱蝶时时飞至，向玉簪丛里，觅取余香。青青女萝一架，不耐宵凉。凄风冻雨，倚天寒、清泪淋浪。天便道、花原薄命，忍教白露为霜。

浣溪沙

一日阴阴一日晴。楼前杨柳尚青青。秋深天气似清明。海燕来时人有信，塞鸿过尽梦无凭。小窗日午听鸡声。

一院西风彻夜吹。一窗素月映罗帏。一天凉露作霜霏。千里归来还卧病，三更醒后只颦眉。梦随秋雁又南飞。

莫道衣冠似沐猴。青鞋毡笠木绵裘。泥犁语业抵封侯。如此荒村真故土，又教凉雨送深秋。这般时地只能愁。

不是他乡胜故乡。故乡景物太荒凉。篱边空看鞠花黄。春夏秋冬尘漠漠，东西南北路茫茫。无山无水有残阳。

鹧鸪天

万事销磨是此生。无聊无赖谩多情。今秋又断江南信，独上高楼听雁声。　　空洞洞，冷清清。朝来雨罢夜来晴。旧时庭院新明月，移过寒窗第几櫺。

南歌子　北上途中吟寄君培

此意无人晓，凄凉只自悲。一生断送两愁眉。忘却他乡作客，有家归。　　我又他乡去，故人何日回。一天冷雨正霏霏。怕想松花江冻，雪花飞。

渔家傲

楼外红桥桥下水。南来到此千余里。中有那人思我泪。霜风起。寒流一夜成冰矣。　　试问灵均缘底事。九歌当日吟山鬼。留得一分闲力气。醒还醉。愁中领略愁滋味。

踏莎行

放眼楼头,信非吾土。飞沙遮断来时路。黄昏待到杀风时,漫天下起濛濛雾。　　一片愁心,欲抛还住。梦中忘却身何处。心身先自没安排,人间甚事由人做。

金人捧露盘

雪漫漫,声寂寂,夜悠悠。短烛影、摇落眉头。百年人世,一丝生命一丝愁。回文织就,断肠句、却遣谁收。　　未能知,他生事,争肯信,此身休。极天南,十万貔貅。江山未改,何人谈笑觅封侯。泪痕消尽,酒痕在、试看羊裘。

水调歌头 留别

收汝眼中泪,且听我高歌。人云愁似江水,不道着愁魔。长笑避秦失计,空向桃花源里,世世老烟蓑。悲戚料应少,欢乐也无多。　　人间事，须人作，莫蹉跎。也知难得如意，如意便如何。试问倘无缺憾，难道只需温暖，岁月任销磨。歌罢我行矣，夕日照寒波。

瑞鹧鸪

安心还是住他乡，酸酒斟来细细尝。觅句谩诌肠子断，吸烟却看指头黄。　　也知人世欢娱少，未羡仙家日月长。我自乐生非厌世，任教两鬓渐成霜。

贺新凉

天远星飘渺。漏声残、月轮高挂，尘寰静悄。南北东西都何处，着我情怀懊恼。况岁暮、天寒路杳。欲织回文长万丈，问愁丝恨缕长多少。空自苦，赚人笑。　　半生真似墙头草。尽随风、纷披摇荡，东斜西倒。万岁千秋徒虚语，眼看此身将老。且点检、残篇断稿。说到文章还气馁，算个中事业词人小。清泪滴，到清晓。

西　河

夜梦晤伯屏，颜色惨澹，作别无语，遗书案头，飘然竟去。余亦惊寤，心犹怦怦动。逾数日，梦境时时往来心目中，因倚声纪之。

愁未已。思君自是憔悴。飘然入我梦魂中，泪痕似洗。向人欲语不成声，迷离君又行矣。　　遗札在，仍道是。人生难得如意。登天拟问碧翁翁，奈天又醉。世间甚处可埋愁，行看身葬江水。　　醒来汗下竟遍体。尚心疑、真也还伪。忽地披衣惊起。正重衾不暖、炉灰渐冷。夜雪沉沉敲窗纸。

清平乐

知交分散。尽过江南岸。夜夜梦魂飞去远。落日旌旗满眼。　　醒来布被无温。不禁对影酸辛。难道老天生我，只教作个词人。

踏莎行

天压楼低，夜侵日短。今年入九情怀懒。试吹玉笛倚梅花,长空黯黯飘珠霰。　弄烛羞明,味茶嫌淡。一杯浊酒教谁劝。梦回赋得小词成,可怜门掩深深院。

生查子

身如入定僧,心似随风草。心自甚时愁,身比年时老。空悲眼界高,敢怨人间小。越不爱人间,越觉人生好。

踏莎行　与安波夜谈,赋此。

对烛长叹,我侬生小。燕南赵北都行到。欲寻屠狗卖浆游,荒山平野余衰草。　逐鹿中原,化蛇当道。鱼龙扰攘何时了。自家不肯作英雄,从今莫恨英雄少。

念奴娇
读诸家词,多恨春怨春之语,因赋此解。

词人长是,恨春来又晚,春归还急。我恨从来无一个,参透个中消息。春自何来,春归何处,春亦无家客。去来全异,那轮天上明月。　　容易衰老春容，韶华无几，转眼成长诀。胡蝶穿花花落后，来岁新枝重发。试看双飞，寻桃觅柳，可是年时蝶。余怀飘渺，此情堪共谁说。

侧　犯 赋水仙

水仙两字，品题早已安排定。更静。正玉佩姗姗弄清影。天寒翠袖薄，云卧衣裳冷。诗圣。佳句好，真堪为花诵。　　夫容艳冶，着色终嫌重。浑似梦。月明中，烟水浩万顷。莫是湘灵，晚妆对竟。黄浅晕薄，粉寒香冻。

鹧鸪天 佳人四首

绝代佳人独倚楼。薄情何处觅封侯。天连燕赵沉沉死，日下江河滚滚流。　　红袖冷，绿云秋。泪珠欲滴又还收。自从读会灵均赋，不爱欢娱只爱愁。

绝代佳人独倚阑。江头看惯去来船。当楼花似迎人笑，人笑花开似去年。　　依旧是，着春衫。看看能否耐春寒。要肢瘦到堪怜处，不受人怜谩自怜。

绝代佳人独倚床。水沉销尽尚闻香。熏笼已爇罗衾暖,却拥云鬟懒卸妆。　　曾记得,理丝簧。曲中也爱凤求凰。而今再把罗襦绣,便绣鸳鸯不绣双。

绝代佳人独敛眉。簪花插鬓故迟迟。妆成重复看鸾镜,不是含羞欲语时。　　梁燕去,塞鸿归。熏香人自在深闺。今生判得情缘短,千转芳心尚恨谁。

蝶恋花

丁卯除夕过半,手抄味辛词上卷竣,听爆竹四起,掷笔怅然,吟此即寄伯屏。

为怕故人相慰劝。常道它乡,我已飘零惯。事事当初差一念。休寻旧梦成凄怨。　　半卷新词重点检。对影凄然,写罢从头看。爆竹向晨犹不断。声声打得心头颤。

蝶恋花　独登北海白塔

不为登高心眼放。为惜苍茫,景物无人赏。立尽黄昏镫未上。苍茫展转成惆怅。　　一霎眼前光乍亮。远市长街,都是愁模样。欲不想时能不想。休南望了还南望。

我爱天边初二月。比着初三，弄影还清绝。一缕柔痕君莫说。眉弯纤细颜苍白。　　休盼成圆休恨缺。依样清光，圆缺无分别。上见一天星历历。下看一个飘零客。

蓦山溪

年年客里。看得春光贱。爱读放翁诗，总觉我、比春还懒。今年何事，着意想迎春，风似剪。天犹短。偏又春来晚。

人言南国，早已梅开遍。便拟趁长风，破浪去、大江彼岸。沉吟又怕，待我到江南，春更远。回头看。却在黄河畔。

临江仙

莫恨诗书自误，谁教忙里偷闲。回头三十一年间。盲人骑瞎马，落叶满空山。　　醉后长街散步，当头月影高寒。将圆毕竟未成圆。此心非我有，争共月圆栾。

浣溪沙

真个今年胜去年。有人劝我莫凭阑。东风才会作春寒。烛影伴将人影瘦,月痕照得泪痕干。此身堪恨不堪怜。

浣溪沙

郁郁心情打不开。旁人笑我太痴騃。那知我正费安排。愁要苦担休殢酒,身如醉死不须埋。且开醒眼看愁来。

定风波

朱敦儒词有云,谁闲如老子,不肯作神仙。吟诵再三,觉有未尽之意,赋此聊当下一转语。

扰扰纷纷数十年。人生何处得安闲。欲作神仙无计作。偏说。安闲不肯作神仙。　　试把闲愁担负了。狂笑。看他与我甚相干。镇日黄尘飞万丈。须赏。此间此已是春天。

添字采桑子

劝君莫问春来未,已过元宵。又过花朝。争奈轻寒犹自不相饶。　　长街却在风沙里,人影寥寥。镫影摇摇。冒了黄尘独自过红桥。

庆清朝慢

梦又还醒,醒还又梦,如环往覆无端。那堪入梦,比着醒梦尤难。待到梦时又怕,者番未必胜前番。无人会,有人会了,有甚相干。　　试听街头乞丐,正饥熬夜永,冷怨宵寒。号呼惨苦,堪怜无个人怜。不是世情落寞,乞人怜处得人嫌。君休矣,不如归去,一枕高眠。

永遇乐
夜读《大心》不能寐,因赋。

少岁无愁,爱将愁字,说又重说。近日闻人,言愁不觉,先自扪吾舌。沙场炮火,深沟弹雨,愁也怎生愁得。试翘首、战云滚滚,江南直到江北。　　醉乡忘我,桃源避世,堪笑古人痴绝。万丈银河,可能倒挽,静洗平原血。家山自好,韶华未晚,君莫蹉跎悲切。浑无寐、披衣坐听,声声画角。

唐多令

春雨只销魂。春风不算春。甚天天、风雨黄昏。谁想雨停风住了,阴沉得,怪烦人。　　定力剪愁根。自怜无病身。下重帘、更掩重门。隔着窗儿还望见,树芽短,二三分。

摸鱼儿

<small>梦游海滨,醒后遂不成眠。</small>

又孤身、海滨游戏,飞涛直共云起。心田正恨荒芜甚,况又心苗憔悴。浇海水,应能把、心苗滋润心田洗。试浇些子。奈海水腥咸,心苗不长,留苦在心里。　　人间世,有梦已都醒矣。劝君休只挥涕。万千人事原如此,不是不如人意。真个是,打熬得、此心未死身先死,鳞伤遍体。好检点伤痕,一痕一盏,自向市楼醉。

木兰花慢

宵深归来,独过桥头,戍兵呵夜,冷风挟沙扑面,飒飒然疑非人世也。

又沉沉醉也,却独下,酒家楼。忽一阵风来,惊沙扑面,冷彻棉裘。街头。路镫焰小,正青磷数点乍成球。渐见幢幢暗影,似闻鬼语啁啾。　　心忧。欲去又迟留。春夜冷于秋。恨如许悲凉,全非人世,直是荒丘。悠悠。上天下地,有不知我者问何求。我问红桥春水,谁教无语东流。

清平乐

晕头涨脑。忘却天昏晓。镇日穷忙忙不了。那有工夫烦恼。　　闲言闲事闲情。而今一笔勾清。领取忙中真趣,这般就是人生。

眠迟起早。都把愁忘了。磨道驴儿来往绕。那有工夫烦恼。　　我今不恨人生。自家料理调停。难道无花无酒,不教我过清明。

鸦鸣鹊噪。妙处谁知道。听说疲牛还吃草。那有工夫烦恼。　天公真没天良。催人两鬓成霜。愁里翻身坐起，我能享乐穷忙。

天公弄巧。捉弄闲人老。近日忙多闲苦少。真没工夫烦恼。　任他春夜凄清。新填数首词成。唤起天公听我，仰天大笑三声。

最高楼 送友人南游

愁来了，一一上心头。欲说却还休。自家晓得何须说，旁人听了更添愁。怕凭阑，生怅望，又登楼。　也莫说、醉乡滋味好。更莫说、人间天地小。闻话语，一齐收。悠悠舟载人南下，茫茫雾共水东流。看长空，鸿去了，燕来不。

减字木兰花

狂风甚意。越盼停时偏又起。细雨无情。越怕停时忽又停。　杏花开了。老怕风多愁雨少。雨少风多。无奈他何一任他。

忆帝京

木绵袍子君休换。毕竟春深春浅。听说杏花开,却在深深院。可惜太深深,开了无人见。　一阵阵、风儿回旋,几点点、雨儿萧散。长怪当年,道君皇帝,见了红杏肝肠断。不怨杏花红,却怨双双燕。徽宗《燕山亭·见杏花》云:"凭寄离恨重重,者双燕何曾,会人言语。"

壶中天慢

旁人笑我,说书生、无分小楼听雨。又说江南听雨好,楼在花深深处。我只摇头,凭阑却看,镇日风吹土。长杨垂穗,看他还似花否。　忘了今日清明,午眠醒后,闷绕回廊步。我误清明天误我,都自无凭无据。如此人生,者般人世,却要人担负。打窗撼屋,一天风势如虎。

朝中措

有索近作者,赋此示之。

先生觅句不寻常。一字一平章。只望保留面目,更非别有心肠。　劳君催索,夜深犹自,吟诵彷徨。便不梦中说梦,也成忙上加忙。

鹧鸪天

点滴敲窗渐作声。棉衣犹觉夜寒生。不辞明日无花看,且喜今宵有雨听。　新苦恼,旧心情。廿年湖海一书生。只缘我是无家客,却被人呼面壁僧。

清平乐

白天黑夜。黄尘如雨下。这样春天真笑话。便没有他也罢。　昨宵细雨如麻。醒来依旧风沙。总算清明过了,虽然没看桃花。

贺新凉

又到三春矣。尽教他、吹开吹谢,夭桃艳李。十日九风偏无雨,好个清明天气。奈天色、沉沉欲死。河畔衰杨生意尽,看栖鸦欲落重飞起。三两点,浮空际。　　中年情调无佳思。甚时时、填词觅句,沾沾自喜。旧日空花新来梦,头上身旁眼底。小楼外、一双燕子。都道此间真不好,弃江南来住风沙里。君试问,燕何意。

意难忘 纪梦

回首生哀。恁分襟意绪,卧病形骸。依依花落尽,点点缀苍苔。多少事,没安排。便地角天涯,记那时,残阳冉冉,正下楼台。　　清眠梦见君来。似春阳乍暖,照进空斋。嫣然才一笑,蓦地万花开。春甚处,费疑猜。敢尽在双腮。梦又醒,窗前漠漠,只见尘埃。

八声甘州 哀济南

记明湖最好是黄昏，斜阳射湖东。正春三二月，芦芽出水，燕子迎风。城外南山似幛，倒影入湖中。醉里曾高唱，声颤星空。　　此际伤心南望，有连天烽火，特地愁侬。便梦魂飞去，难觅旧游踪。绕湖边、血痕点点，更血花、比着暮霞红。凭谁问、者无穷恨，到几时穷。

便将来重复到明湖，胜游总成空。任三更渔唱，数声柔舻，半夜荷风。只怕双擎泪眼，觅不到残红。点点青磷火，芦苇丛中。　　眼看春光又老，漫酿成春色，费尽春工。上九重天上，细问碧翁翁。甚年年、伤春不了，却一春、不与一春同。春归去、已匆匆了，莫再匆匆。

浣溪沙
因百索近作，即用其咏春枫韵却寄。

北地风高雨易晴。无人伴我下阶行。榴花红得忒鲜明。
壮岁已成无赖贼，当年真悔太狂生。此花不称此时情。

浣溪沙 再和

海国秋光雨乍晴。枫林策杖记徐行。一山霜叶似花明。闲绪闲心成底事。此时此际为谁生。教人南望最伤情。

蝶恋花

飞絮随风蚁转磨。心向江南,身向床头卧。我梦君时君梦我。梦魂中道还相左。　　安石榴花开几朵。粉白朱红,一一娇无那。几日骄阳浑似火。可怜齐向阶前堕。

浣溪沙

赤日当头热不支。长空降火地流脂。人天鸡犬尽如痴。已没半星儿雨意,更无一点子风丝。这般耐到几何时。

八声甘州

忽忆历下是稼轩故里，因再赋。

数今来古往几词人，应推稼轩翁。望长安却被，青山遮住，抱恨无穷。不道好山好水，胡马又嘶风。地下英灵在，旧恨还重。　不恨古人不见，恨江南才尽，冀北群空。看江河滚滚，日夜水流东。便新亭、都无涕泪，剩望空、极目送归鸿。神州事、须英雄作，谁是英雄。

惜分钗

薰风动。春衫重。日间作起宵来梦。海东头。水难收。几许凄凉，些许温柔。休。休。　临歧送。临风恸。无根白发愁时种。几春秋。几沉浮。已到中年，犹赋离忧。羞。羞。

风入松

隔窗日影下层檐。无病也厌厌。从今莫恨江南远，一城中、远似江南。夜短两人同梦，日长各自垂帘。　时时似见晚妆严。犹着旧时衫。中年如此无聊赖,是堪怜、还是堪嫌。索性吐丝作茧,一生直似春蚕。

灼灼花

旧地重来到。些子间烦恼。楼外窗前,石榴未谢,马缨红娇。爱夏花浓艳胜春花,恨夏花太少。　　雨后长街悄。天远疏星小。瘦马衔枚,饥兵呵夜,哀笳破晓。正大旗猎猎荡长空,又乱鸦啼了。

浣溪沙 京津道中

未到都门先见山。好山不肯太清妍。夕阳斜照碧成丹。人在动中心寂寞,山于静处意缠绵。人山相看两无言。

采桑子

年时梦到江南岸,月也弯弯。柳也弯弯。卍字回廊卍字阑。从今不作年时梦,雨后青山。雨后青天。一样青青一样闲。

以上七十一首选自《味辛词》，一九二八年夏自印五百册。扉页有题辞："愁要苦担休嗲酒，身如醉死不须埋。"

卜算子

荒草漫荒原，从没人经过。夜半谁将火种来，引起熊熊火。
烟纵烈风吹，焰舐长天破。一个流星一点光，点点从空堕。

采桑子

赤栏桥畔同携手，头上春星。脚下春英。隔水楼台上下镫。
栏杆倚到无言处，细味人生。事事无凭。月底西山似梦青。

采桑子

水边点点光明灭，恰似春镫。恰似繁星。恰似游魂自在行。
细思三十年间事，如此凄清。一个流萤。自放微光暗处明。

鹧鸪天

说到天涯自可哀。谁知何处是天涯。已看乳燕相将去,又见征鸿次第来。　　空怅望,漫疑猜。自家情绪自安排。拚将眼泪双双落,换取心花瓣瓣开。

菩萨蛮

今年人比前年老。今番梦比前番好。携手逆西风。踏花行梦中。　　锦书今日至。多少关心事。命运早安排。从今休乱猜。

凤栖梧

我梦君时君梦我。步踏黄华,相遇秋江左。情绪安排犹未妥。别来可有新工作。　　热泪欲烧君颊破。一一晶莹,一一圆成颗。头上秋星千万个。纷纷都自青空堕。

清平乐

故人好意。邀我来山里。久吸大城烟雾气。到此眼明心喜。　黄华好似前年。折来插向窗间。窗外一株红树,教他与我同看。

采桑子

双肩担起闲哀乐,好梦难圆。世事无端。争把人间比梦间。诗人自古无情甚,黄叶凋残。红叶翩翩。一样飘零两样看。

菩萨蛮　将去西山赋

夜来一阵潇潇雨。晨风吹得凉如许。西北有高峰。不遮西北风。　桃源难久驻。又向人间去。黄叶舞山前。似催人下山。

小桃红

烛焰摇摇地,冬雪沉沉下。藐藐微躯,茫茫去路,悠悠长夜。问何时突兀眼前来,见万间广厦。　　说甚真和假,说甚冬和夏。花落花开,年华有尽,人生无价。待明晨早起上高楼,看江山如画。

鹧鸪天

百尺高楼万盏镫。流光似水照人行。楼头谁倚阑干立,翘首长空望月明。　　镫似月,月如星。最尘嚣处亦凄清。我来领取新诗意,踏步街头听市声。

踏莎行

万屋堆银,孤镫比月。天公又下初冬雪。深宵独自倚危阑,荒城何处还吹角。　　底事空虚,甚时幻灭。天南地北心分裂。此身判却似冰凉,也教熨得阑干热。

采桑子

如今拈得新词句,不要无聊。不要牢骚。不要伤春泪似潮。　　心苗尚有根芽在,心血频浇。心火频烧。万朵红莲未是娇。

鹊桥仙

早晨也雾,黄昏也雾。霰雪严霜寒露。初冬上溯到深秋,便仿佛年华几度。　　吟诗也苦,填词也苦。放下毛锥出去。街头毕竟象人间,是谁说不容人住。

浣溪沙

花自西飞水自东。君心正与我心同。今宵痛饮看谁雄。莫惜醉魂飞不起,且教没入酒杯中。好将双颊向君红。

踏莎行

当日桃源，那般生活。算来毕竟从头错。乐园如不在人间，尘寰何处寻天国。　　平地楼台，万镫照耀。人生正自奔流着。市声如水泛春潮，茫茫淹没天边月。

减字木兰花

人间无路，他日伴君天上去。休恨天高，试把长虹架作桥。风沙忽起，散发飘扬残照里。莫怨风沙，且障红霞当面纱。

破阵子

却笑昨宵祝祷，祈求今日晴明。不道朝来风已起，直到黄昏势未停。长空摇万星。　　眼底云翳乍去，胸中块垒初平。仍旧黄尘如雨下，不是年时此际声。宵深笼被听。

鹊踏枝

过了花朝寒未退。不见春来,只见风沙起。乍觉棉裘生暖意,阳春原在风沙里。　　哀乐中年难道是,渐渐模胡,渐渐成游戏。尊酒安排图一醉,今春没有伤春泪。

浣溪沙

三月春阴尚不开。薄云未雨净飞埃。被他酿造好情怀。砌下春随芳草长,江南人寄落花来。忍教哀乐损形骸。

鹧鸪天

说到人生剑已鸣。血花染得战袍腥。身经大小百余阵,羞说生前死后名。　　心未老,鬓犹青。尚堪鞍马事长征。秋空月落银河黯,认取明星是将星。

灼灼花

不是豪情废。不是雄心退。月底花前,才抽欢绪,已流清泪。只年来诅咒早心烦,也无心赞美。　一种人间味。须在人间会。有限青春,蒲桃酿注,珊瑚盏内。待举杯一吸莫留残,更推杯还睡。

踏莎行

天气难凭,天心难问。清明始有花开信。才能几日不春阴,狂风又是沙成阵。　芳草初青,柳枝还嫩。为花莫抱飘零恨。长杨穗似不成花,看他也被风吹尽。

临江仙 西沽看桃花

此地曾经小住,重来直似还家。紫泥新涨柳生芽。旧时春意思,浅水数声蛙。　莫是情怀渐好,长郊远冒风沙。疏疏落落两堤花。莫嫌花太瘦,只此已亏他。

清平乐

怕看风色。掩户眠高阁。索索尘沙窗隙落。睡也怎生睡得。　春来不信春来。花开不信花开。窗外绛桃一树,无言落满空阶。

贺新郎

赋恨终何益。算教他、黄尘淹尽,青衫泪迹。记上高楼舒望眼,常怨天宽地窄。把恨泪、镫前暗滴。窗外新桐流清露,伴月明坠下无声息。春已去,三之一。　而今孤注休虚掷。唤天公、重然灵焰,再添生力。心上伤痕知多少,开落心花狼藉。看心血、涓涓流溢。试把君尝君应说,甚春蜂酿得花成蜜。同一笑,莫悲泣。

千秋岁

独来独往。遣却闲纷攘。新意境,无惆怅。镫摇光满地,天远星如网。风已定,时时自觉心弦响。　不是人间象。犹作人间想。留不住，消还长。悠悠流水去，袅袅炊烟上。千万劫，碧天路杳人间广。

渔家傲

梦里春光何澹宕。初阳清露花三两。林语低低风送浪。天乍亮。眼花消失心花放。　　眼底心头温一饷。起来又觉生惆怅。楼外潇潇时作响。褰帏望。雨丝细冒朱藤上。

木兰花慢 赠煤黑子

策疲驴过市，貌黧黑，颜狰狞。傥月下相逢，真疑地狱，忽见幽灵。风生。黫尘扑面，者风尘、不算太无情。白尽星星双鬓，旁人只道青青。　　豪英。百炼苦修行。死去任无名。有衷心一颗，何曾灿烂，只会怦怦。堪憎。破衫裹住，似暗纱、笼罩夜深镫。我便为君倾倒，从今敢怨飘零。

行香子 效樵歌体

不会参禅。不想骖鸾。惯飘零,岁岁年年。趁风海燕,昨夜飞还。甚盼春来,留春住,又春残。　自辟心园。自种心田。自栽花,自耐新寒。一枝一叶,总觉鲜妍。问是仙山,是天国,是人间。

鹊桥仙

试舒皓腕,倒垂金盏。案上榴华照眼。将来过去俱消融,只剩下眼前一点。　百年不短,天涯未远。沉醉高歌今晚。明朝挂起顺风帆,送君过大江南岸。

江神子

去年此际两心知。幕垂垂,日迟迟。转眼流光,又到去年时。重五恰如重九日,云漠漠,雨霏霏。　沉阴百事不相宜。且填词,且吟诗。心未成花,先已自成丝。楼外马缨才一朵,红上了,最高枝。

浣溪沙

享受宵来雨后凉。当窗支起小胡床。卧看风舞绿垂杨。词意渐随乡思减,蝉声欲共夏天长。此时争忍不思量。

浣溪沙

一带高城一带山。孤镫四壁影萧闲。此时情味十年前。燕近重阳犹未去,风吹落叶自回还。怀人听雨到更阑。

鹧鸪天

又是重阳叶落时。得风庭树各凄凄。纵教睡好原无梦,何必寒蛩彻夜啼。　　天欲晓,月移西。起来还着旧秋衣。泪斑酒瓢无寻处,敢向西风怨别离。

浣溪沙

卧病伤离次第过。相思无赖且由他。此身常健待如何。为爱池边波影碎,却看塔上夕阳多。光阴始觉易销磨。

眼儿媚

拟将愁绪托杨枝。烟缕又风丝。年年岁岁,不愁春晚,只愿秋迟。　茫茫人海人何地,犹自说相思。一般同在,暮山青处,霜叶红时。

鹧鸪天

壮岁功名两卷词。单寒骨相本无奇。临流自把清臞照,不是胡儿是汉儿。　杨吐穗,柳垂丝。轻轻过到叶飞时。高山有尽天无尽,往古来今若个痴。

定风波 仿六一把酒花前之作

把酒东篱欲问公。鞠黄何似牡丹红。依样看花依样醉。相对。花香沁入酒杯中。　　今日花开明日落。萧索。东风原不让西风。记得留春无好计。垂泪。秋来着意绕芳丛。

把酒东篱欲问君。十分秋比几分春。记得春花零落处。尘土。秋英未肯惹黄尘。　　莫对佳花还坠泪。无味。空教花笑有情人。鬓里星星难整顿。双鬓。今年已比去年新。

把酒东篱欲问他。秋来底事着愁魔。北地晴天尘不起。千里。一轮明月澹银河。　　君道春光容易老。烦恼。送春无计奈春何。寒雨一场霜霰至。蕉萃。请君起看有秋么。

把酒东篱欲问伊。忍教辜负鞠花时。万物逢秋摇落尽。争信。山前尚有傲霜枝。　　明岁花如今岁好。人老。悲今吊古总成痴。尝得酒中真意味。沉醉。尊前听我唱新词。

酒醒扶头曳杖行。依依残照上高城。住得尘寰三十载。堪怪。今秋秋意恁分明。　　自笑怜花无好计。惯会。山泉汲水供银瓶。采得黄花归去后。回首。四山无语只青青。

临江仙 游圆明园

眼看重阳又过,难教风日晴和。晚蝉声咽抱凉柯。长天飞雁去,人世奈秋何。　　落落眼中吾土,漫漫脚下荒坡。登临还见旧山河。秋高溪水瘦,人少夕阳多。

散步闲扶短杖,正襟危坐高冈。一回眺望一牵肠。数间新草舍,几段旧宫墙。　　何处鸡声断续,无边夕照辉煌。乱山衰草下牛羊。教人争不恨,故国太荒凉。

临江仙

皓月光同水泄,银河澹与天长。眼前非复旧林塘。千陂荷叶露,四野藕花香。　　恍惚春宵幻梦,依稀翠羽明珰。见骑青鸟上穹苍。长眉山样碧,跣足白于霜。

沁园春

踏遍郊原,曳杖归来,静对琐窗。正檐端雀语,空庭残照,篱边鞠笑,昨日重阳。欲坠游丝,随风又起,带着斜晖飘过墙。青山好,奈相看无语,只会苍苍。　　思量总觉堪伤。甚枫叶红时槲叶黄。叹两三飞蝶,尘寰漠漠,几行征雁,天外茫茫。制得荷衣,纫成兰佩,自向西风哀众芳。明朝起,更登楼极目,南望潇湘。

虞美人

更深一盏镫如豆。烟味浓于酒。青烟才起忽销沉。便觉相思飞去、不堪寻。　　晓来寻觅相思去。却见丹枫树。雨淋红叶好凄凉,难道相思真个、怎收场。

破阵子 南园看枫

谁道秋容消瘦,霜林煞自红肥。折得一枝枫叶子,正待思量寄与谁。满林叶乱飞。　　着甚新愁新恨,管他闲是闲非。但使今朝能饱看,霜露沾衣不忍归。西风尽浪吹。

破阵子 次日重游再赋

珠玉词中好句,人生不饮何为。争奈三杯沉醉后,逝水迢迢去不回。光阴仍似飞。　　说甚愁来不断,知他梦也还非。湖上重楼楼外柳,柳外群山碧四围。山山唯落晖。

昨日霜枫似锦,今朝败叶成堆。已自鞠英同柳瘦,那更芦花作絮飞。临风双泪垂。　　难道飘零一世,不教展放双眉。那畔青山沉暮霭,者里红墙上夕晖。今生第几回。

南乡子 游西山

三十有三年。生活劳劳碌碌间。喜煞秋来风日美,萧闲。背了朝阳去上山。　　何处是尘寰。上得高峰仔细看。四外苍苍天接地,茫然。几点霜枫在眼前。

难得是身闲。得到心闲益发难。忙里偷闲时一去,登山。莫谓凌风便上天。　　山下是人间。山上青天未可攀。摘得一枚枫叶子,萧然。归去镫前独自看。

贺新郎

秋来寄居西郊,时时散步圆明园废墟中,芦苇萧瑟,弥望皆是,傍晚有人持长矛立高冈上,意其逻者也。

多少萧闲意。废园中、苇塘萧瑟,鸟声细碎。微雨轻风都过了,头上青天如洗。这些事、闲人料理。见说南山曾射虎,算灞陵未短英雄气。千载下,有谁继。　　我如引火烧枯苇。想霎时、飞烟万丈,烈红十里。众鸟纷纷飞散去,火舌直腾空际。制造得、无边欢喜。蓦地回头高冈上,烂红缨正被风吹起。枪矗在,斜阳里。

好事近

镫火伴空斋,恰似故人亲切。无意开窗却见,好一天明月。　　欣然启户下阶行,满地古槐叶。脚底声声清脆,踏荒原积雪。

沁园春

涧猗以诗来索近作,适谱此调未就,后阕因述近日生活,既以自慰,且用相勖。

暮色苍茫,适自何来,悄然逾墙。看依依几缕,炊烟自卷,亭亭孤立,塔影初长。山远天低,庭空树老,小院黄昏别样黄。炉中炭,正微闻窸窣,时漏光芒。　　销除旧日情肠,也不待禅龛一炷香。有寒花数朵,向人婀娜,短檠三尺,伴我凄凉。近日何曾,市楼买醉,对酒当歌慨以慷。安心处,是风尘老大,不是清狂。

浣溪沙

课罢归来一盏茶。小窗红日欲西斜。披衣又上进城车。漠漠西风尘十丈,萧萧古木路三叉。进城且当是还家。

贺新郎

又是寒冬矣。也颇思、村醪取暖,市楼买醉。踽踽行来举头见,一队明驼迤逦。爱他有些儿画意。曲项高峰肉蹄软,想来从大漠风沙里。一步步,几千里。　　厐然卧息长街内。又木然、似眠似醒,非悲非喜。偶一摇头铎铃响,声落虚空无际。有谁识、此君心理。万里长城曾见否,问凋零破败今余几。驼不语,蹶然起。

三字令

愁塞北,忆江南。独凭阑。心上事,望中天。月朦胧,星闪烁,起炊烟。　　残雪在,四山巅。晚来寒。山下路,几人还。有谁知,前日梦,甚时圆。

东坡引

柔肠愁不断。回肠理还乱。一条红烛烧青焰。无风犹自颤。无风犹自颤。　　青光冉冉。长宵漫漫。案上烛,徐徐短。此生个里分明见。朱颜争不换。朱颜争不换。

鹧鸪天　读秋明词赋

拨得心弦不住鸣。藕花池畔若为情。西山爽气朝来满,北国秋光雨后明。　将缱绻,作晶莹。词中今见玉溪生。薄晴催得桃开了,听到新莺第几声。

木兰花慢

向闲庭散步,忘今夕,是何年。听犬吠鸡鸣,始知自己,身在尘寰。苍天。黝然不语,闪万千、星眼看人间。何处璚楼玉宇,几番沧海桑田。　庄严。依旧是平凡。冬去又春还。问小立因谁,深宵露冷,不记衣单。开残。小梅数朵,剩离离、枝上着微酸。病里生机尚在,无人说似诗禅。

浣溪沙

案上盆梅几点花。寒香薰得梦清佳。这回午睡太亏他。且养闲情消永日,更抛绿酒试红茶。小斋自过病生涯。

鹧鸪天 赠友

小院无人日影窗。新来渐渐觉天长。计时未到春三月,何处飞来燕一双。　　千古事,九回肠。不须伤感与悲凉。相思恰似尊中酒,君若尝时细细尝。

浣溪沙

风软杨花尚自飞。长廊深院柳丝垂。隔邻横笛为谁吹。楼上已看山四立,窗前又见燕双归。生涯无尽亦堪悲。

微雨新晴碧藓滋。老槐阴合最高枝。风光将近夏初时。少岁空怀千古志,中年颇爱晚唐诗。新来怕看自家词。

西北浮云结暮阴。四山爽气正销沈。又扶短杖过长林。春露秋霜鸿雁背,佳花好月少年心。年时怅望到而今。

山亭柳

古道长林。万树柳垂金。春渐老,岁时骎。卧病已疏诗卷,闲身尚懒登临。只觉几番微雨,绿遍墙阴。　他生来世谁能卜,人间天上费追寻。尘寰事,梦中心。雁背肃霜凉露,鸡声澹月遥岑。独立斜阳影里,着意沈吟。

山花子

竟日潇潇雨未停。檐端心上各声声。独坐窗前天易晚,不堪听。　往事织成连夜梦。归云闪出满天星。偏是此心阴合处,总难晴。

浣溪沙

漫道心湖不起波。千山落日走明驼。吹笙犹自望银河。飞絮浓于三月雨,城西偏是绿杨多。悲欢争奈此生何。

浣溪沙

豌豆荚成麦穗齐。绿杨阴合倍依依。鹧鸪林表尽情啼。假使此生真似梦,不知何事更堪疑。溪流东去夕阳西。

鹧鸪天 赠屏兄

雨后苔痕欲上阶。窗前夜合是谁栽。树犹如此垂垂老,岁不待人鼎鼎来。　　车马过,起尘埃。黄云拥日下长街。艰难寂寞都尝遍,如海燕城斗大斋。

鹧鸪天

知是留春是送行。一栏芍药正鲜明。剧怜万木阴阴合,又听新蝉嘒嘒鸣。　　还记得,玉溪生。诗中曾道碧无情。杜鹃啼得余春在,送尽春归是此声。

浣溪沙

杏子青黄半未匀。阴阴绿叶带微尘。乞花曾记到东邻。
一带岚光凝紫雾,四郊麦浪起黄云。只应随分老闲身。

浣溪沙

叹息春光亦有涯。杜鹃啼得日西斜。离人犹自不思家。
水畔移来山石竹,阶前谢了海棠花。团团飞絮扑窗纱。

八声甘州

怕今宵无处解雕鞍,何须问吾庐。正月尖风紧,星高露重,人在征途。张目四围望去,身外总模胡。无奈青骢马,也自踟蹰。　渐渐星沉月落,又青磷走火,野薮鸣狐。听白杨树上,宿鸟乱相呼。隔长林、夜镫一点,蓦向人暂有暂还无。鞭摇动、马长嘶了,踏过平芜。

南柯子

梦好身还懒,书成墨未浓。起添新炭小鲈中。窸窣声声,爆得火花红。　　心上三更雨,楼前昨夜风。相思一点意无穷。化作青星,一一入青空。

贺新郎　前阕词意未尽再赋

烛影摇虚幌。记宵来、扶头酒醒,春寒纸帐。起向鲈中添新炭,霍地火花乍亮。勾引起、年时惆怅。一点相思无穷尽,化万星迸落青天上。谁为我,倚阑望。　　朝来旭日曈曈上。映初霞、红云朵朵,鱼鳞细浪。万颗青星无寻处,着甚闲思闲想。只一片、春光澹宕。百啭新莺疏林外,是和风微动心弦响。君酹酒,我低唱。

浣溪沙　北上途中阻兵,寓天地林赋

豆叶黄时豆荚肥。秋阳暖似梦初回。满林红枣自生辉。远近村鸡齐唱午,碧空如水片云飞。可怜景物与心违。

浣溪沙

百岁光阴只此身。漫将无赖说销魂。漫留双泪说离分。去日苦多来日少,见时恰似梦时真。眼前人是意中人。

浣溪沙 寄涧猗

抱得秦筝为我弹。殷勤相劝惜华年。自家先已泪斑斑。取我鸣琴翻旧谱,为君进酒佐清欢。心弦断尽更无弦。

南柯子

寂寞余微笑,低吟爱独游。黄华黄叶不胜秋。岸上谁家新筑,小红楼。　海阔天空处,都教望眼收。西风吹浪几时休。好是傍山残日,倍温柔。

小重山

疏雨几番菰渐黄。画船双桨里,藕华香。星明月暗过萤光。休高唱,怕扰睡鸳央。　　夜半觉秋凉。西风穿苇叶,泪沾裳。洞庭南下接潇湘。湘灵杳,天远碧波长。

临江仙

次萧和余旧作,亦再和。

小草都含微笑,远山自写春容。碧波恰衬夕阳红。衣香人影,一阵落花风。　　不恨而今不见,三春盼到三冬。相思未必两心同。新词和就,弹泪托征鸿。

临江仙

乐章集有此体,按谱用前韵赋。

夜雨住了愁倚枕,梦难工。流光酝酿衰容。想壮怀豪气,剩惨录愁红。吾年也,自未老,已如黄叶战西风。　　知他数根精瘦骨,支撑几个秋冬。况暮天长路,问携伴谁同。闲来检点事业,付与去燕来鸿。

促拍满路花

萧萧叶乱鸣,暧暧霞初度。潮来侵岸石、涛声怒。望中镫火,上接疏星语。岚光迷澹雾。独自行来,更寻没个人处。　　秋怀黯澹,总被相思误。归来应自好、归无路。梁间燕子,不伴人愁苦。依旧双飞去。寂寞空巢,有时飘坠残羽。

风人松

次箫赋《水龙吟》题余词集,语多溢美,赋此所以报也。

燕南赵北少年身。渐老风尘。自怜生小寒酸甚,论豪情、敢比苏辛。况是铅华无分,风流说甚清真。　　东来海上共伤神。一样沈沦。如君应有千秋业,是谁教、作个词人。相伴填词觅句,消磨白日黄昏。

最高楼

携手去,相送亦同行。天远夜微茫。鸡声碾入轮声里,屈肱人枕小书囊。又低声,频絮语,断人肠。　　相见了、相思依旧苦。离别后、离愁何日诉。思往事，更神伤。箧中尚有残花朵，如今应没许多香。莫回头，山黯澹，海青苍。

浣溪沙

真是归期未有期。怀人一夕鬓成丝。心情近日遣谁知。好对青山温旧梦，爱将残照入新词。上潮看到落潮时。

鹧鸪天

知到人生第几程。当前哀乐欠分明。他乡未是飘零惯，却把还家当旅行。　　判扰扰，莫惺惺。江南山比故山青。还乡梦与江南梦，可惜今宵俱不成。

临江仙　自题《无病词》赠因百

自古燕南游侠子，风流说到而今。谁知霸气已销沉。有时尝苦闷，无病亦呻吟。　　一语告君君记取，安心老向风尘。少年情绪果然真。不知多少恨，只道爱黄昏。因百有句曰："我是生成有恨爱黄昏。"

采桑子 题因百词集

文章事业词人小,如此华年。如此尘寰。为问君心安不安。　双肩担起闲哀乐,身上青衫。眼底青山。同上高楼再倚阑。

鹧鸪天

真个先生老酒狂。难消伤感与悲凉。明年花比今年好,底事今年欲断肠。　镫照眼,月当窗。闲中滋味似穷忙。长江后浪催前浪,作弄长江尔许长。

以上九十三首选自《荒原词》,其中之后十二首选自《荒原词》后附之《弃余词》。一九三〇年冬自印五百册。扉页有题辞:"往事织成连夜梦,归云闪出满天星。"集后有题诗如次。

《荒原词》既定稿,复题六绝句附卷尾

吟成几首短长词,一字何曾撚断髭。也信文章千古事,难言得失寸心知。

壮岁旌旗世已惊,人英落落更词英。十年读会花间集,始

识稼轩是老兵。

不许清真作雁行，晏欧清丽复清狂。未能扑去尘三斛，怅望千秋空自伤。

禽鸣高树虫啼秋，时序感人不自由。少作也知堪毁弃，逝波谁与挽东流。

穷愁老病口头禅，何必斤斤笑玉田。残叶一林风扫尽，天公不为庇寒蝉。

太白惊才堪复古，少陵大力始开今。我只自吟还自看，无能何况更无心。

浣溪沙

一抹残阳一带山。城边撩乱起炊烟。北云黯黯接南天。古道西风行客少，长林老树暮鸦还。始知萧索是萧闲。

诉衷情 寄涧猗

戍楼夜静角声残。何处说新欢。旧欢也莫回首，回首更凄然。　催急管，闹繁弦。又新年。想君此际，下了重帏，独抱琴弹。

浣溪沙

青女飞霜斗素娥。霜华重处月华多。夗央瓦冷欲生波。试把空虚装寂寞,更于矛盾觅调和。莫言此际奈愁何。

留春令

去年别夜,枕边涕泪,窗前风雨。却说将来再相逢,便作个长相聚。　　绿水滔滔东逝去。者相逢无据。风雨今宵小窗前,枕边响,当时语。

忆秦娥

黄昏时,窗前夜合红丝丝。红丝丝。微含清露,轻袅凉飔。　　人间无复新相知。人生只合长相思。长相思。回廊绕遍,细数花枝。

声声慢 与荫旧话

　　收寒放暖,约雨回晴,夭桃解笑东风。岁岁年年,春光总是雷同。堪叹病来不饮,漫衰颜、得酒能红。寻芳事、剩一帘芳草,几树青松。　　今夕不知何夕。似青春羁旅,归去衰翁。夜幕张开,窗影逐渐朦胧。年时有谁见我,爇沉檀、独坐虚空。镫未上,话黄昏、如在梦中。

浣溪沙

　　梦未成时酒半醒。为谁重赋短歌行。会心难会浅深情。香印烧残心样字,霜华减尽鬓边青。隔帘依约见春星。

清平乐

　　朝阳屋角,庭树金光抹。雨后长天真自得,万里青青一色。　　可怜如梦浮生。新凉便觉怡情。风动花梢泻露,向人坠地无声。

浣溪沙

没得相思亦可怜。夜来一雨晓来寒。出门尚觉袷衣单。沉絮沾泥争解舞,新荷出水未成圆。眼前又是忆人天。

木兰花慢

问长安甚处,人共指,夕阳边。甚上尽层楼,举头见日,不见长安。山川。自今自古,更何须、重问是何年。漠漠长空去雁,悠悠自下遥滩。　　苍然。暮色上眉端。做弄晚来寒。看白日西沉,四围夜幕,逼近阑干。东南。素蟾弄影,早今宵、不似昨宵圆。收尽双眸清泪,重寻月里河山。

浣溪沙

千古文章一寸心。杜陵此语重千金。宵长烛短几沉吟。客气未除豪气减,诗情日浅世情深。当年争信有如今。

水龙吟 立春日自西郊入城

正嫌郊外荒凉,车行又入牢笼内。黄昏时候,暮寒乍作,阴沉沉地。尘起如云,烟飞成雾,行人似水。更万家镫火,星星点点,都包在,昏黄里。　　林下荒坟栉比。九衢中、尘嚣未已。春来春去,花开花落,有谁理会。不道人生,者般艰苦,者般容易。算不得赞美,何容诅咒,是人间世。

浣溪沙

日日春风似虎狂。飞沙作雨洒寒窗。未成薄暮已昏黄。城北城南尘漠漠,春来春去日荒荒。人间何处着思量。

浣溪沙

记得年时已可哀。风帘烛影自萦回。屋梁落月费疑猜。底事今朝花下见,不如夙昔梦中来。空花此后为谁开。

凤衔杯 用乐章集体

见说人生真无价。多年里、敝车羸马。记行遍荒山,密林冰雪铺平野。又独自,归来也。　　梦魂中,心还怕。醒来时,成何说话。只揽镜看时、依然眼在眉毛下。算此外,都虚假。

好女儿

地可埋忧。酒可销愁。想人生、万事安排定,算旧曾游地,只堪做梦,莫再重游。　　一夜风吹云散,望西北、见高楼。老红尘、自有安身处,更不须重问、象牙塔里,十字街头。

凤衔杯 用珠玉词体

眼前风土又纷纷。倩谁留、天上行云。试问平生、何处最劳神。心上事,眼中人。　　愁绿鬓,惜青春。算如今、虚老红尘。爱向碧纱窗底、坐黄昏。不是为思君。

鹧鸪天

九陌缁尘染素襟。秋阴才了又春阴。欢情已似花零落,诗思还同酒浅深。　　长夜饮,十分斟。倩谁听我醉中吟。回肠荡气无人会,况复年来寂寞心。

八声甘州

白夫渠一叶一婴儿,一花一如来。正夜钟响彻,云随声远,天宇晴开。鱼没水纹徐动,月影共裴徊。谁弄临风篴,一曲生哀。　　三十余年行脚,剩半头白发,满面黄埃。尽沿门托钵,踏破几芒鞋。走平沙、绿洲何处,只依稀、空际现楼台。算今朝、到灵山了,莫再空回。

鹧鸪天　燕女弥月为赋此词

一片生机未可当。试看东海浴朝阳。清眸点水澄潭影,笑靥生花散乳香。　　尘满面,鬓盈霜。生身谁不有爷娘。可怜往事思量遍,不记当初似汝长。

浣溪沙 与屏兄夜话

二十余年定省稀。倚门常是数归期。剧怜游子芰荷衣。清泪眼中云漠漠,繁霜鬓上草离离。相看漫作小儿啼。

水调歌头 平津车上

此际小儿女,笑语夜灯红。先生今日西上,昨日始来东。左顾斜阳没落,右眄冰轮涌出,原只一虚空。旅客思沉闷,平楚夜朦胧。　　人间世,问何处,不匆匆。风流云散,常事争便怨天公。酿造一场飞雪,扫尽四山黄叶,只剩满林风。四序自无语,双鬓已成翁。

永遇乐 西郊所见

混沌开前,此时风景,莫也如此。暮霭浓时,平原尽处,一带连山紫。彤云低压,寒枝高举,万籁沉沉声死。问山前、断碑起仆,伊谁留得名氏。　　耳边隐隐,轻雷续续,只是催人眠意。千古乾坤,百年岁月,落漠人间世。饥来觅食,困来高卧，谁会人天意旨。试翘首、天边新月，素光如纸。

临江仙

万事都输白发，千秋不改红尘。相思两地漫平分。半生浑似梦，一念不饶人。　　眉月可怜细细，眼波依旧粼粼。心花开落已缤纷。隔墙桃与李，各作一番春。

菩萨蛮

拥炉反覆思前事。划灰写作伊名字。记得下湖船。月明水接天。　　今宵窗外月。比似当年洁。簌簌北风中。青光筛碧空。

浣溪沙

满酌蒲桃泛夜光。可怜痛饮不能狂。空教酒力战回肠。斜日西沉云漠漠，故园南去路茫茫。醉乡依旧是它乡。

减字木兰花

明灯影里。娇压眉梢抬不起。一笑生辉。颊上红霞晕欲飞。　　情怀零碎。双袖龙钟千点泪。心上残欢。只供云岚烘乱山。

临江仙 除夕

几处明灯艳舞,谁家急管繁弦。荒斋小院太萧闲。红炉虽自暖,白月不胜寒。　　拚取扶头一醉,消融往事千端。更阑烛炧忽茫然。此身非我有,今夕是何年。

鹧鸪天

旧作此词,稿弃故纸堆中,一夕为鼠子衔出,重吟一过,未能割弃,因复录此。

旧日郊居爱醉眠。酒醒拄杖绕湖边。春来柳发能梳月,雨后蚊雷欲沸天。　　今隐市,只随缘。尘嚣一任到窗前。东风吹尽丁香雪,一架藤萝生夏寒。

踏莎行

闹市人喧,暮笳声裂。楼阴尚有宵来雪。黄昏风定更清寒,天边况见新黄月。　　卷舌无言,愁怀千结。伊家不信肠如铁。曾楼高处凭危阑,看人影共车尘灭。

满江红

夜雪飞花,更映衬、宝刀如雪。看今夕、健儿身手,立功奇绝。星斗无光天欲泣,旌旗乍卷风吹裂。只衔枚、袭近敌营时,心先蓺。　　鸣画角,声清越。扬白刃,光明灭。冒枪林弹雨,裹创浴血。保我版图方寸土,是谁青史千秋业。算英雄、死去也无名,肠如铁。

踏莎行　为老兵送人出关杀敌赋

百战归来,半身瘫废。此生自分常无谓。晚来独看鸟投林,宵深相伴镫成穗。　　笳鼓悲凉,河山破碎。阵前嘶马摇征辔。为君重蓺少年心,为君重下青春泪。

浣溪沙

春事今年未寂寥。映窗垂柳一条条。紫丁香腻海棠娇。枕畔眉痕随月瘦,炉中心篆作烟销。闲愁又到最高潮。

临江仙 连日阅禅宗语录,迥无入处

春去已成首夏,秋深又到初冬。悠悠飞鸟度长空。却来杨柳岸,高唱大江东。 万事从教草草,此生且莫匆匆。共谁狭路好相逢。拈花知佛意,一笑见宗风。

西 河 用清真韵

燕赵地。悲歌忼慨犹记。雄师故国已千年,梦酣未起。眼中落落竟谁豪,风云撩乱天际。 算天险,难仗倚。横江铁锁谁系。茫茫万里古长城,只余坏垒。凭阑极目送斜阳,滔滔东去流水。 旧京短巷更闹市。见呼朋、归去乡里。试问只今何世。甚仓皇、落魄无言相对。萧索黄天红尘里。

定风波

　　旧岁秋日艺菊满院,曾仿欧公"把酒花前"之作赋词五阕。今岁风雨无凭,春光有限,花事倏过,夏木阴阴,又是一番境界,因重拈此解再赋。

　　把酒高楼欲问佗。谁家庭院得春多。小白长红能几日。狼藉。残花片片落庭莎。　　一瓣花飞春已减。君看。风飘万点奈愁何。却喜宵来风雨定。波静。泠泠珠露滚圆荷。

　　把酒高楼欲问伊。对花可有不愁时。开了怕他零落尽。缘甚。未开却又怨春迟。　　人静日长台榭好。啼鸟。阴阴正在最高枝。如此风光如此酒。消受。试看清影落清卮。

　　把酒高楼欲问公。何妨新绿替残红。岁岁春来春去了。人老。朱颜也自换衰翁。　　枕簟胡床安顿好。醉倒。卧看杨柳舞东风。西下夕阳东逝水。谁会。人间万事太匆匆。

　　把酒高楼欲问君。春来春去可劳神。愁雨愁风三月尽。沉恨。花飞絮舞两销魂。　　试向青青池畔路。闲步。芦芽荷叶一时新。小院梧桐今夜月。清绝。始知夏浅胜残春。

把酒高楼更问谁。好将平淡换新奇。如梦悲欢凋落尽。方信。分明眼上是双眉。　　随处为家堪送老。多少。杜鹃犹道不如归。一笑出门谁会得。寥廓。青天不碍白云飞。

举起金杯放下愁。酒酣再上最高搂。朝日一轮沧海上。浩荡。金光碧霭沍林丘。　　莫道满怀千古意。山水。茫茫何处觅神州。却看平原天尽处。神禹。凿山曾放水东流。

临江仙

重向赤栏桥下过，夜深积水明楼。绿荷风里漾轻舟。依然灯上下，恰似梦沉浮。　　多少临分珍重意，此言常记心头。文章事业各千秋。从教银汉水，终古限牵牛。

风入松

当时冲雨下南楼。笑我泪难收。风云变色鸡声乱，便将身、耸入洪流。握手菀然一笑，临歧更不回头。　　五年音问俱沉浮。生死两悠悠。安心未得参禅力，甚金经、能破闲愁。忍说文章事业，与君分占千秋。

青玉案 题冯问田先生《紫箫声馆诗集》

诗豪落落人中杰。向个里、言亲切。雅志高怀谁与说。玉溪风格,剑南情绪,一瓣心香爇。　　苍天已醉河山裂。几度才人费心血。读罢新诗悲欲绝。三千里外,乌龙江上,只剩荒寒月。

鹧鸪天 再题

同是燕南赵北人,相逢一面亦前因。壮年豪气凌江海,老去诗篇泣鬼神。　　消白日,上青云。更无一字不清真。文章自是千秋业,肯与齐梁作后尘。

以上四十五首选自《留春词》。一九三四年秋自印五百册。扉页有题辞:"欢情已似花零落,诗思还同酒浅深。"卷首有《自叙》云:

> 此《留春词》一卷,计词四十又六首。除卷尾二首外皆十九年秋至二十二年夏所作。三年之中仅有此数,较之以往,荒疏多矣。然亦自有故。二十年春忽肆力为诗,摈词不作,一也。年华既长,世故益深,旧日之感慨已渐减少,希望半就幻灭,即偶有所触,又以昔者已曾言之矣,今兹不必着笔,二也。以此形式写我胸臆,而我所欲言又或非此形式所能表现,所能限制,遂不能

不遁入他途，三也。有此三故，则其产量之少不亦宜乎。自家暇时，亦往往翻阅此词稿，辄觉不如前此所作之有生气。气之衰耶，力之竭耶，才之尽耶，而吾乌乎知之？然吾有喻于此。小小园地开垦种莳者有年，地力渐薄，人力不继，天时又乖，则其中之植物或种焉而不生，或生焉而不茁壮、不华、不实，华焉、实焉而不肥、不腴，亦固其所。《留春词》或亦有类于斯耳。后不如前，正宜藏拙，付之排印，抑又何说？则以二十年前一时兴之所至，忽学填词，后来一发而不能收拾。及夫《无病》《味辛》《荒原》三本小册子相继出版，见者遂多，年来意兴阑珊，知交或不及知，或知焉而不详其由，每见辄问近中时为小词乎？积作若干？何时印第四本小册子乎？虽不必意出于督催，而遂听之下，亦若有不能自已者在。秋来课暇，因整理此稿便交排印，并略述其经过，后此即再有作，亦断断乎不为小词矣。二十三年秋日于北平东城萝月斋。

和韦庄

浣溪沙

塞北江南各一天。怀中剩得旧金钿。共谁重话十年前。双燕点波生绿皱，飞花如雪拂朱阑。当时已似梦初残。

拈得金针还觉慵。午窗睡起眼惺忪。院深高树不摇风。
纤手闲扪金屈曲,绣襦犹佩玉玲珑。隔帘花映一枝红。

门外遥山一带斜。青青眉妩上窗纱。翠帘高轴是谁家。
水曲乍飞双玉羽,楼高还见亚枝花。拂天微晕散红霞。

无那杜鹃花外啼。游人犹自唱铜鞮。暮春芳草更萋萋。
不信长绳能系日,柳高渐渐有蝉嘶。昨宵雨湿落花泥。

鬓未残时春已残。长河南下接长干。相思争不似灰寒。
纵有征鸿传信息,更无佳句与君看。但将衰病写平安。

菩萨蛮

烛光相伴生怊怅。凉风袅袅吹罗帐。昨夜梦中时。牵衣前致辞。　天边鸿雁羽。曾寄叮咛语。不信不思家。霜枫红似花。

春花记似春衫好。秋华又逐秋光老。孤雁叫长天。惊人秋夜眠。　疏桐筛碎月。鸳瓦霜如雪。除是不思乡。思乡应断肠。

中年莫说青年乐。当时酒味如今薄。独上赤栏桥。湘灵休见招。　迢迢河几曲。莽莽来星宿。花谢去年枝。思归何处归。

玉瓶绿酒难成醉。醉时还寄醒时事。要识别离心。试看春浅深。　梦中归路短。觉后愁肠满。铁砚带冰呵。词成还奈何。

别离不似相逢好。流年催得游人老。丝柳幂长堤。水深归路迷。　逝波桥下渌。雨过山如浴。乱草带斜晖。愁多只自知。

谒金门

抛思忆。长日枕边偃息。袅袅炉烟新意识。遣人无处觅。　帘卷始知风力。尘没旧时行迹。黄鸟不鸣春意寂。雨晴池水碧。

江城子

拈得金针还自伤。昼初长。绣鸳鸯。微风不动,日暖蕙兰香。记得酒边才识面,歌曲误,嫌周郎。

碧橱冰簟夏天长。白莲房。紫微郎。夜深同坐,银汉正茫茫。说着去年离别事,清泪滴,一行行。

天仙子

恰是归期未有期。相思无益且相思。一春憔悴瘦腰肢。沉水烬,画帘垂。未信梁间燕子知。

似絮晴云惹碧空。香销愁坐小房栊。门前何处觅行踪。三月暮,万山重。无数桃花映眼红。

飞絮飞花乱扑身。春云如水水如云。天教同世不同群。思往事,怨离分。一半红楼是夕曛。

清平乐

三春将暮。小院飞红雨。梁燕自来还自去。风散绿杨千缕。　滔滔东去春波。金樽日饮无何。愁见踏青旧迹,履痕犹印苔窠。

春风春雨。娇纵垂杨缕。花外关关黄鸟语。恰是新愁来处。　音书不付春鸿。坐看飞絮濛濛。自是东皇无赖,落花休怨东风。

和温庭筠

梦江南

人间世，有尽逐无涯。杯酒泥人留好梦，尘劳转眼是空花。帘外日西斜。

秋已晚，斜日小红楼。落叶辞柯浑似雨，长江槛外去悠悠。寒雁下汀洲。

和皇甫松

梦江南

花事了，犹见美人蕉。着得一双新蜡屐，任教风雨各潇潇。独上小红桥。

秋千架，风软飏双旌。树树垂杨飘坠絮，月明歌舞动春城。花底夜闻笙。

和顾复

荷叶杯

帘外碧桃零落。索寞。慵画远山眉。摘花常是卜归期。知摩知。知摩知。

长夜自期音信。更尽。细雨湿青苔。回廊绕遍更徘徊。来摩来。来摩来。

虞美人

幽闺愁坐浑如梦。金缕盘双凤。幽香细细遣愁醒。小梅花发傍银屏。正婷婷。　　泪痕双界胭脂脸。鬖鬌蛾眉敛。旧时情事莫追寻。未知天气定晴阴。况君心。

夕阳风送数声钟。水山几重重。未知情浅与情浓。踏青斗草且从容。正春慵。　　鬓云犹是夜来妆。腻粉自生光。那堪疏雨暗添塘。杏花初发去年香。梦悠扬。

今年自是春来晚。深院花犹懒。碧纱窗外列群山。朝霞初破晓来寒。乱云攒。　　敛眉愁数十年别。常负清明节。前欢已似梦无痕。清淮波涨绿迎门。带潮昏。

天公不为愁人想。碧草萋萋长。春风春雨做春妍。花如含笑柳如烟。绮窗前。　　雨丝都共愁丝细。细细飘阶砌。游人可是不思家。年年落尽小园花。隔天涯。

和牛峤

女冠子

摘花簪鬓。谁识伊人身世。两愁眉。初醒三春梦,闲吟五代词。　　分离含怨恨,相近怯追随。天上人间事,两难期。

莺歌蝶舞。愁听花间笑语。下空帏。香淡炉烟静,窗低日影迟。　　泥人金盏酒,惹恨绿杨枝。自怪新来梦,异前时。

和魏承班

玉楼春

愁听花间双语燕。闲掩小屏山六扇。垆中烟袅作春云,愁绪碎来成断片。　　羞傍镜奁匀粉面。慵向红窗添一线。年年春尽不归来,夜夜夜深常梦见。

渔歌子

笑花颜,垂柳发。芳梅乍谢飘春雪。酒同醒,情未歇。可可一庭明月。　　别离愁,重叠说。香闺冷落年时节。得重逢,休更别。争遣年年愁绝。

和尹鹗

满宫花

意深沉,人静悄。头上凤钗斜袅。眉山两点镜中春,不似旧时深扫。　　相见欢，离别少。一枕游仙蓬岛。落花如雨燕双飞，恰是洞天春晓。

和毛熙震

浣溪沙

一自相逢到别前。暗中常是意悬悬。已判居住奈何天。花下几回拈绣带，灯前一笑整金钿。此情如梦不如烟。

芳草萋萋作绿茵。年年见此忆罗裙。声声啼鴂不堪闻。黄壤千年埋玉树，旧情一缕化晴云。春衫犹是麝兰熏。

和冯延巳

采桑子

小园三月花开遍，蝶乱蜂飞。镜里花枝。紫蝶黄蜂总不知。　　年年双燕归来日，伴得春归。误尽心期。肠断黄昏细雨时。

窗前种得相思树,待到花开。已是心灰。剩有闲愁上两眉。　浮生只当春宵梦,惆怅低徊。莫似前回。立向阶前数落梅。

年年江海常为客,试倚高楼。归思难收。柳外弯弯月半钩。　物华荏苒都更换,静处生愁。目送江流。一阵霜鸿下远洲。

熏笼对倚情无限,月落灯残。旧恨新欢。乍暖春宵复乍寒。　百年莫恨生涯短,哀乐相干。此意难判。相别相逢总一般。

鹊踏枝

风里落花飞片片。几日芳春,一霎时光换。漫向离筵悲聚散。悠悠去路知何限。　凭仗鲛绡遮粉面。泪眼难晴,不似金杯浅。淡日窥人时一见。四天漠漠阴云遍。

一曲高歌声欲裂。血色罗裙,舞袖双翻折。唱到阳关声渐歇。两眉细蹙肠千结。　山下行人山上月。斑马萧萧,山水流幽咽。燕子梁间相对说。人生常是悲生别。

明月寒光疑向曙。独坐深闺，检点新情绪。香烬炉烟余淡雾。轻盈还恐随风去。　日日愁思兼愁缕。一自分携，忘却来时路。陌上花开莺乱语。人间可有相逢处。

长夜迢迢凉露坠。砌下蛩吟，惊断中宵寐。楼外萧萧风乍起。月明倒泻银河水。　北斗渐低临象纬。绮户朱扉，开了还重闭。一片秋声来大地。高梧黄叶新雕悴。

眼尾眉梢心共许。销得芳时，尽逐东流去。爱惜青春徒漫语。可怜早被青春误。　垂柳一丝还一缕。每到春来，遮断门前路。莫问新来肠断处。旧时肠断君知否。

一曲高歌春日宴。花底尊前，只当寻常见。柳叶如眉花似面。今春真个天涯远。　裁得美笺抒别怨。懒赋新词，不是心情懒。翻酒皴痕双袖满。音书未断肠先断。

盼得君来君又去。一片鹃声，响彻千山暮。依旧青青芳草路。绿阴满眼花辞树。　两地无憀频寄语。今岁分携，明岁归来否。不用熏风吹舞絮。斜阳已到销魂处。

楼外落花深尺许。空里飞花，片片那堪数。行到前回相见处。春归便是愁来路。　春未暮时情已暮。耐得相思，好向人间住。胡蝶自飞莺自语。梁间燕子双双去。

浣溪沙

意懒心灰未是闲。新池春树鸟关关。别时枉自约重还。
犹记灵风催梦雨。却披云袂上春山。当年不信在人间。

花底移镫独自归。酒醒时候梦耶非。生涯常是与心违。
一带红墙分画阁,半钩凉月送余辉。微风吹动绣帘衣。

以上四十九首选自《积木词》。扉页有题辞:"香烬炉烟余淡雾,轻盈还恐随风去。"卷首有《自序》云:

> 余旧所居斋曰"萝月",盖以窗前有藤萝一架,每更深独坐,明月在天,枝影横地,此际辄若有所得,遂窃取少陵诗而零割之,名为"萝月"云耳。初,伯屏与余同寓三载,去秋始移居西城,其旧所居室既闲废,余乃入而据焉。客来茗谈或小饮,客去时亦于其中读书作文。室北向,终日不能得日,殊卑湿。回忆伯屏在此时,似不尔也。冬日酷寒,安炉爇火,乃若可居,而夜坐尤相宜,室狭小易暖故。背邻长巷,坐略久,叫卖赛梨萝卜、冰糖葫芦及硬面饽饽之声,络绎破空而至,遂又命之为夜漫漫斋。萝月斋实不成其为斋耳。小女与佣媪或其大姊往往于身后座侧嬉,既碍读,又妨思;友来谈亦时为歌声啼声所扰。今兹之夜漫漫斋,真斋矣。于是各校皆停课甚闲,遂病,自二十四年残腊迄

二十五年新正仍未愈，病中恶喧，坐夜漫漫斋里时益多。有友人送《花间集》一部，来时尚未病也，置之案头，至是乃取而读之。《花间》是旧所爱读之书，尤喜飞卿、端己二家作。今乃取《浣花词》尽和之。问何以不和金荃？则曰：飞卿词太润太圆，自家天性中素乏此二美，不能和；飞卿词太甜太腻，病中肠胃与此不相宜，不愿和也。然则和端己似端己乎？即又不然。《浣花》之瘦之劲之清之苦，确所爱好，今之和并不见其瘦劲清苦，盖胸中本无可言及欲言者，徒以病中既喜幽静，又苦寂寞，遂而因逐韵觅辞、敷辞成章，但求其似词，焉敢望其似《浣花》？顾醉时所说乃醒时之言，无心之语亦往往为心声；观人于揖让不若于游戏，揖让者矜持，游戏者性情之流露也。或又问：《留春词·自叙》声言断断乎不为小词，今之和《浣花》何？夫昔言断乎，今兹破戒，定力不坚，更复奚言？会当自释曰：此和也，非作也。余之弱女喜弄积木，长短方圆，依势安排，当其得意，往往移晷。此一卷和词，其余病中之积木乎！二十五年一月苦水自叙于旧都东城之夜漫漫斋。时墙外正有人叫卖葫芦冰糖也。

卷末有《题〈积木词〉卷尾》诗六首：

重抛心力赋新词，霜鬓星星映短髭。宿酒三更和梦醒，廿年心事夜灯知。

莫谩惊人只自惊，黄华采得更餐英。心安未借参禅力，肉搏终须用短兵。

当年清泪一行行，引吭高歌是酒狂。定力不坚余习在，好将辛苦易悲伤。

古市隐居春复秋，寻欢留梦两无由。凉风一自天末起，清泪还从心底流。

莫觅诸方五味禅，自家且种自家田。不知纵有名山业，何似临风听暮蝉。

人问是今还是古，我词非古亦非今。短长何用付公论，得失从来关寸心。

南乡子

争不爱秋光。树树丹枫染早霜。才待倚阑成小立，辉煌。一半高楼过夕阳。　理尽九回肠。漫写瑶笺寄远方。天路正同人世险，苍茫。一带寒云断雁行。

山色正苍苍。几杵寒钟送夕阳。我待与君同结伴，徜徉。湖畔宵深踏月光。　散发袒银裳。眇眇予怀水一方。白雁数声飞过也，凄惶。重露沾衣半是霜。

风雨正凄凄。何处胶胶午夜鸡。远梦初回残烛灺，堪疑。犹见春旛压鬓低。　高阁与云齐。那更林鸦不住啼。从此长空晴日影，无期。天北天南滑滑泥。

独自过红桥。朱夏青春影俱消。一阵金风来四野，寒条。落尽空林叶乱飘。　日日说魂销。此度秋魂不可招。万里南天人不见，长宵。谁向深宫斗舞要。

鹧鸪天

四十光阴比似飞。芒鞋踏破又重回。依依弱柳情何限，隐隐群山碧四围。　抬望眼，对斜晖。人民城郭是耶非。撑天十丈双华表，可是无人化鹤归。

四十光阴下水船。看花饮酒自年年。夜乌啼醒钧天梦，明夕如霜到枕边。　何限恨，十分寒。披衣独自倚阑干。长安万户深宵里，露冷风高俱闭关。

浣溪沙

上尽层楼意惘然。身寒已自太无端。木棉裘暖奈心寒。秋水半塘波滟滟，斜阳满地草芊芊。韶光虽好不堪看。

借酒销愁愁更愁。清愁无奈况沉忧。伤春才罢又愁秋。风雨无端妨好睡,江山信美莫登楼。此身未了此生休。

开尽窗前夜合花。病来止酒剩煎茶。剧怜儿女太喧哗。远梦归来人落落,西风吹去柳斜斜。巢林海燕已无家。

鹧鸪天

落日秋风蜀道难。举头西北望长安。已教雾锁江边树,那更云低剑外山。　　逃绊锁,耐饥寒。黄昏独自掩禅关。袈裟犹是京尘染,一卷华严带泪看。

临江仙

千古六朝文物,大江日夜东流。秣陵城畔又深秋。云迷高下树,雨打去来舟。　　忆写瑶笺寄恨,更书花叶传愁。篆香消尽事全休。月明还蔌蔌,风起正飕飕。

临江仙

记向春宵融蜡,精心肖作伊人。镫前流盼欲相亲。玉肌凉有韵,宝靥笑生痕。　　不奈朱明烈日,炎炎销尽真真。也思重试貌前身。几番终不似,放手眼沾巾。

蝶恋花

午夜月明同散步。人影双双,花影相回互。天上人间侬与汝。银河一任疏星渡。　　今夕独行前夕路。雁过南楼,霜打池边树。几点秋红无觅处。风来时作低低语。

灼灼花

日落苍茫里,夜色冥冥起。天外疏星,枝头宿鸟,楼前流水。便天公着意酿荒寒,甚荒寒如此。　　多少伤心事,放眼愁无际。一度登高,一回念远,一番垂泪。算人民城郭已全非,只江山信美。

浣溪沙

袅袅秋风到敝庐。泞泞零露下庭除。垂垂篱畔豆花疏。何限凭高怀远意,几行和泪寄愁书。衡阳今岁雁归无。

江神子

偶为学词诸子说稼轩"宝钗飞凤"一首,诸子既各有作,余亦用韵。

苍空昨夜梦骖鸾。话前欢。两心宽。淡尽银河,天外晓星残。下视蓬莱沧海际,红日上,未三竿。　醒来枕畔泪斑斑。半窗闲。月弯环。南去征人,犹在旅途间。渡过湘江行更远,千里路,万重山。

虞美人

去年祖饯咸阳道。斜日明衰草。今年相送大江边。霜打一林枫叶、晓来寒。　深情争供年年别。泪尽肠千结。明春合遣燕双飞。夹路万花如锦、伴君归。

鹧鸪天

不是新来怯凭栏。小红楼外万重山。自添沉水烧心篆,一任罗衣透体寒。　　凝泪眼,画眉弯。更翻旧谱待君看。黄河尚有澄清日,不信相逢尔许难。

南柯子

黄菊东篱下,迎霜绽一枝。衰杨依旧袅风丝。记得年时分手,泪痕滋。　　纵有重逢日,应无再少时。重逢何况更无期。漫道人间天上,两心知。

灼灼花

不是昏昏睡。便是沉沉醉。谁信平生,年来方识,别离滋味。更那堪酒醒梦回时,剩枕边清泪。　　此恨何时已。此意无人会。南望中原,青山一发,江湖满地。纵相逢已是鬓星星,莫相逢无计。

踏莎行

落日云埋,空林雾锁。十年山下长经过。眼前此景镇寻常,新来渐觉愁无那。　　几缕炊烟,数星灯火。不须更说凄凉我。人间一例付苍苍,凭教夜色冥冥裹。

临江仙

去岁衰于前岁,明年老似今年。镜中那更鬓斑斑。安心难仗酒,觅睡等参禅。　　极目江湖满地,遥天一发青山。春风何日约重还。好将双翠袖,倚竹耐天寒。

浣溪沙

又是人间落叶时。年年此际倍相思。乱愁空遣梦支持。残月无声沉远岫,飞霜如雪打枯枝。一寒惟有夜乌知。

凉雨多时病已多。登高望远奈愁何。垂杨楼外尚婆娑。暮霭无边粘乱草,寒风只解舞回波。悲秋试看有秋么。

临江仙

凉雨声中草树,夕阳影里楼台。此时怀抱向谁开。屠龙中底用,说鬼要奇才。　　多谢凋零红叶,殷勤铺遍苍苔。杖藜着意自徘徊。南归双燕子,明岁可重来。

临江仙

飘忽断云来去,消磨白日阴晴。竹梢露滴乱虫鸣。银河生淡雾,黄月幂中庭。　　无酒还成无寐,闲阶犹自闲行。遥天一点见孤星。不知人世改,仍作旧时明。

浣溪沙

露脚斜飞月似烟。叶声犹自带干寒。隔邻何事动哀弦。无数空花生眼底,几多往事上眉端。今宵沉醉不成眠。

定风波

昨夕银缸一穗金。凌晨干鹊语高林。南国书来消息好。微笑。四山如画散秋阴。　　眉样弯弯应解语。新谱。鬓云低处月初侵。妆罢迟迟慵不起。谁会。菱花识得此时心。

临江仙

岁月如流才几日,匆匆又近重阳。秋宵长得十分长。对灯嫌索寞,听雨更悲凉。　　三载别来音问简,相思牵尽柔肠。蒹葭风起正苍苍。伊人知好在,留命待沧桑。

清平乐

屏山六扇。有梦唯灯见。未断音书肠已断。孤负来鸿去雁。　　相思老尽丹枫。遥山犹记眉峰。布被中宵风起,深秋寒似深冬。

虞美人

无人行处都行遍。有恨无人见。一双华表立斜阳。愁似一双海燕、语雕梁。　　樽前不惜风光好。所惜人空老。飞花飞絮扑楼台。又是一年春尽、未归来。

蝶恋花

当日别离犹觉易。一别三年,谙尽愁滋味。欲待破除无好计。昏昏醉了和衣睡。　　睡起倚楼残照里。楼外青山,山外天无际。料得今宵应不寐。除非又是昏昏醉。

临江仙

又到年时重九,眼前无限风光。一林枫叶半红黄。天高初过雨,日暖欲融霜。　　旧岁花明酒酽,新来水远山长。莫教断尽九回肠。无寒侵翠袖,有泪损严妆。

少年游 季韶书来，言屏兄死矣，泫然赋此

楼头风急雁声哀。愁绪苦难排。不道生离，竟成长往，犹自盼归来。　　九城洒遍深秋雨。黄叶满空阶。剑阁云寒，锦江波冷，真个隔天涯。

思佳客

一局残棋化劫灰。千秋此别更无疑。尊前流涕唯灯见，梦里逢人亦泪垂。　　肠已断，首重回。旧游新约事全非。萋萋芳草明春绿，华表何年化鹤归。

思佳客

动地悲风迫岁阑。人间逼仄酒杯宽。剧怜死别生离者，都在青山红树间。　　甘索寞，恨衰残。难禁哀乐是中年。经霜古木无枝叶，只有栖鸦共此寒。

玉楼春

秋花不似春花落。长向枝头甘索寞。九衢漠漠起黄尘,可惜儒冠无处着。　　一杯绿酒临高阁。无数青山横北郭。长空镇是过飞鸿,何日归来华表鹤。

鹧鸪天

日日尊前赋式微。今宵景物未全非。银河徐转星无数,碧岭犹衔半月规。　　山北向,雁南飞。临分曾嘱伴春回。相思不惜柔肠断,莫使芳心一寸灰。

思佳客

真把人间比梦间。子云亭下叶初丹。炷香纵使通三界,奠酒何曾至九泉。　　辞北国,入西川。殷勤犹自寄诗篇。便教来世为兄弟,话到今生已惘然。伯屏暂厝子云亭侧

鹧鸪天

莫莫休休意自甘。穷愁早与病相兼。谁同犀首无何饮,也似嵇生七不堪。　　搔白首,检青衫。脂痕粉渍俱尘淹。深情会得欧公语,过尽韶光不可添。

鹧鸪天

少岁胸怀未肯平。中年哀乐更难胜。云山孤鹤归何晚,风雨寒鸡时一鸣。　　心耿耿,意惺惺。铅华丝竹俱牵情。都将三载无穷恨,换尽先生两鬓青。

定风波 再悼伯屏

把酒灯前欲问他。悲欢争奈此身何。记得相逢情不尽。双鬓。青青恰称醉颜酡。　　花落絮飘春已半。留恋。倒垂金盏更高歌。今日死生离别处。酸楚。寒风衰柳舞回波。

把酒灯前欲问君。人间何事不酸辛。露重霜浓星月冷。谁省。逆风孤雁正离群。　　听雨联床曾笑语。眉舞。便回凉夜作春温。遥想一抔荒草里。无际。长空漠漠结寒云。

把酒灯前欲问公。水流何事各西东。北马南帆年少去。非故。尊前相看两衰翁。　　一别三年书恨少。常道。花开明岁一尊同。此际东篱应腹痛。如梦。独挥清泪对西风。

把酒灯前欲问伊。此生何日解双眉。廿载交游今已矣。来世。来生飘渺更难期。　　万事不如杯在手。醇酊。举觞不醉反生悲。那更一寒寒澈骨。矮屋。窗前夜雪正霏霏。

把酒灯前只自哀。共谁检点旧形骸。梦里相看颜色好。烦恼。屋梁落月费疑猜。　　衮衮山川犹在眼。长叹。何年化鹤始归来。止酒非关常病酒。今后。一尊绿酒为谁开。

灯影摇摇落短窗。醉中自理九回肠。怀远伤离多少恨。无尽。三年赢得鬓如霜。　　绿水自流山不语。今古。一枝黄菊向谁黄。记得坡翁词句在。慷慨。凭将清泪洒江阳。

鹧鸪天

侃如自澂江来函,嘱作南游。赋此答之。

苦住谁言岁月迟。九城又到雪飞时。凄凉开府吟哀赋,憔悴安仁叹鬓丝。　　愁易了,恨难支。灯前枉是说相思。故人问我南游意,露重霜寒有雁知。

玉楼春

含愁坐久和衣卧。卧了无眠还起坐。相思最苦却难拚,莫怪新词添日课。　　窗前一个凄凉我。窗外阴寒天欲堕。潇潇风雨有鸡鸣,漠漠云山无雁过。

鹧鸪天

一半秋江雾影涵。依依残照下西崦。谁知红袖临高阁,正依危阑看远帆。　　愁脉脉,恨厌厌。今宵无梦到江南。青天不似青山远,耿耿星河覆画檐。

鹧鸪天

城外遥山渐杳冥。北湖波冷欲生冰。谁家美酒犹堪醉,满市哀弦不忍听。　　添恨绪,减诗情。江南昨夜梦中行。一番雨打风吹后,尚有高枝下落英。

临江仙

巷陌疏疏落落,街衢悄悄冥冥。天心如此作么生。雪添双鬓白,寒结短髭冰。　　冷暖如鱼饮水,尘劳诉与谁听。层楼上到最高层。青山还似旧,还似旧眉青。

鹧鸪天

谁唱阳关第四声。又牵当日别离情。一生也认愁中度,此曲那堪醉里听。　　眉月小,鬓云轻。罗巾掩泪半春冰。暖香熏遍夗央锦,不信今宵梦易成。

蝶恋花

才送春归秋已暮。今日孤游,前日同来路。欲落斜阳浑不语。青山对拱云来去。　　暗祝天公休再误。莫起霜风,莫下凄凉雨。留得红酣枫几树。伴人夜夜相思苦。

风入松

吐丝作茧愧春蚕。尘满旧青衫。红楼一角丹枫里,记纤手、亲破双柑。午夜青灯无语,一杯绿酒同酣。　　今年霜未十分严。重九似重三。半林黄叶明残照,问何如、衰柳毵毵。摘尽中庭红豆,所思人在江南。

临江仙

独坐空斋无意绪,伊人何日归来。门前去路半尘埋。映阶无碧草,落叶有高槐。　　此恨千杯消不尽,休言舞榭歌台。哀丝豪竹已伤怀。预愁歌舞罢,不似坐空斋。

御街行

相思便似丹枫树。烘残日,笼朝雾。一山明泛赤城霞,一抹微阳初度。此心耿耿,予怀渺渺,魂绕天涯路。　　丹枫那比相思苦。禁不起,繁霜露。天公昨夜作新寒,叶叶风前飘舞。深杯不醉,危阑遍倚,依旧愁无数。

醉太平　戏仿曲中短柱体

云寒雾寒。花残月残。数声雁起遥滩。过千山万山。　　闲眠醉眠。愁端恨端。谁知何日尊前。说人间梦间。

眉青鬓青。神清意清。月明花径调筝。写鸾声凤声。　　飞英落英。疏星澹星。生憎梦境无凭。甚他生此生。

江神子

秋来何事爱登楼。晚云收。暮烟浮。雨过遥山,青翠上帘钩。一半夕阳人影外,风正紧,水东流。　　征鸿列阵起汀洲。去南州。肯淹留。叮嘱明春，千万伴归舟。织就回文犹未寄，鸿不语，去悠悠。

减字木兰花

栖鸦满树。借问行人何处去。满树栖鸦。不信行人尚有家。　　云鬟雾鬓，心上眉间多少恨。雾鬓云鬟，倚遍危楼十二阑。

南乡子　寄家六吉弟

卷地起风沙。夕日寒空噪晚鸦。课罢归来无意趣，煎茶。烟袅先生两鬓华。　　兄弟隔天涯，乱后争知尚有家。一纸书来无计说，桑麻。那有青门可种瓜。

浣溪沙

渐觉宵寒恻恻生。空斋独坐倍凄清。枉教灯火向人明。霜鬓为言三载苦，病躯要与百忧争。岁阑风雪更无情。

临江仙

卷地风来尘漠漠,管弦声送斜阳。回肠荡气转凄凉。百忧抽乱绪,两鬓点繁霜。　　城郭人民随世改,马龙车水相将。古都又是一沧桑。为谁归去晚,犹自立苍茫。

眼儿媚

山光薄暮欲沉烟。月影似弓弯。伤心何限,赤栏桥畔,碧瓦楼前。　　严妆和泪无人见,强理旧眉残。纵翻新谱,不描新月,不画春山。

临江仙

幻梦连环不断,空花与蝶翩翩。忽然开眼落尘寰。今吾非故我,明日是新年。　　见说小梅依旧,灯前转盼嫣然。争知人正倚屏山。一双金屈戌,十二玉阑干。

以上六十五首选自《霰集词》。一九四一年自印。

南歌子

澹澹新秋月，疏疏过雨星。夜深深院少人行。只有竹梢清露湿流萤。　寥落今宵意，悲欢旧岁情。学参犹未到无生。何日横担榔枥万峰青。

鹧鸪天　秋日晚霁有作

高树鸣蝉取次稀。新凉已解袭罗衣。一天云散惟凝碧，九陌晴初尚有泥。　花澹澹，柳凄凄。后期无奈是佳期。今宵十二阑干外，已是秋风更莫疑。

浣溪沙　后期七字叶九以为佳再赋

阶下寒蛩澈夜啼。坐看窗影月西移。早知不得到辽西。新梦纵教同昨梦，后期无奈是佳期。高鬟䭰尽翠眉低。

临江仙 后期七字意仍未尽再赋此章

病沈新来真个病，不堪带眼频移。薄寒欺杀旧罗衣。清秋思见月，久雨不闻雷。　　惟有秋娘眉样好，弯弯那更低低。佳期纵后是佳期。乘风来过我，缥缈载云旗。

南乡子

<small>前作南歌子有"横担柳栎万峰青"之句，巽甫见而爱之，因复为此章。释氏谓缁衣为僧，白衣为俗人。歇拍白袷之意盖取诸此云。</small>

秋势未渠高。菡萏红香一半销。独向会贤堂下过，条条。犹见垂杨斗舞腰。　　心绪漫如潮。爨下琴材尾欲焦。柳栎横担无分在，飘飘。白袷风吹过小桥。

鹧鸪天 不寐口占

老去从教壮志灰。那堪中岁已长悲。篆香不断凉先到，蜡泪成堆梦未回。　　星历落，雾霏微。遥山新月俱如眉。寒花无数西风里，抱得秋情说向谁。

青玉案

行行芳草湖边路。正红藕,开无数。向夕风来香满渡。画船波软,垂杨丝嫩,记得相逢处。　一龛灯火人垂暮。案上楞严助参悟。未落高槐枝尚舞。秋阴不散,琐窗易晚,坐尽黄昏雨。

鹧鸪天　日光浴后作

暴背茅檐太早生。病腰已自喜秋晴。花间黄蝶时双至,枝上残蝉忽一声。　经疾苦,未顽冥。几曾觉得此身轻。夕阳看下西崦去,卧诵床头一卷经。

浣溪沙
日读珠玉词及六一近体乐府,借其语成一阕。

一片西飞一片东。不随流水即随风。年年花事太匆匆。澹霭时时遮落照,新凉夜夜入疏桐。看看秋艳到芙蓉。

临江仙

巽甫寄示八声甘州，自嘲浅视。适谱此阕未就，因采其语足成之，却寄巽甫，同一笑也。

薄酒难消浓恨，密云唤起新愁。谁能丝竹写离忧。学参刚解夏，时序旧中秋。　一眼还如千眼，劝君莫怨双眸。何时同过爽秋楼。苍茫烟水外，云树两悠悠。

破阵子

蛮触人间何世，黄昏自拥秋情。垂柳楼头风乍起，丁字帘前雨又晴。月华阑外明。　旧梦无殊新梦，短亭遥接长亭。羌管谁家吹不澈，催唤离人两鬓青。一宵白发生。

清平乐　早起散策戏仿樵歌体

人天欢喜。更没纤尘起。高柳拂天天映水，一样青青如洗。　先生今日清闲。轻衫短杖悠然。要看西山爽气，直来银锭桥边。

破阵子

吾既选稼轩词廿首而为之说,今日复取其全集读之,觉其《鹧鸪天·徐衡仲抚幹惠琴不受》一章,自为写照,极饶奇气。遗却未说,真遗珠也。因赋此章以见意云。

月落青灯无语,日高窗影初移。洄溯精魂千载上,异代萧条一泪垂。吾狂说似谁。　　已恨古人不见,后来更复难期。要识当年辛老子,千丈阴崖百丈溪。庚庚定自奇。

破阵子

前章既就,自诵一过,仍未见意,复成此阕。

落落真成奇特,悠悠漫说清狂。千丈阴崖凌太古,百尺孤桐荫大荒。偏宜来凤凰。　　应念楚辞山鬼,后来独立苍茫。孤愤一弹双泪堕,不和南风解愠章。先生敢自伤。

临江仙

可惜九城落照,被遮一带遥山。凉波澹澹欲生烟。悲风来野外,秋气满尘寰。　　早识身如传舍,未知心遣谁安。紫薇朱槿已开残。今宵明月好,休去倚阑干。

风流子 旧恭定二邸见红蕉作

秋色未萧骚,城阖外,气势比山高。正霞彩渐收,乌乌争噪,水纹徐漾,杨柳垂条。旧苑里,此时花事好,开到美人蕉。朱户绮窗,几重芳意,玉阑瑶砌,一倍红娇。 东陵知何处,雕梁上双燕,剩垒新巢。谁念舞裙歌扇,霜烟蓬蒿。叹万古苍茫,盲风阑雨,几家凋悴,黛假香销。看取数丛花在,休问前朝。

木兰花令 薄暮什刹海散策

晚来风定无尘土。扶杖过桥闲信步。爱他无限好斜阳,遍倚塘边垂柳树。 山头黯黯阴云聚,天外纤纤新月吐。流波止水两悠然,要与先生商去住。

临江仙

过却中秋几日,看看又近重阳。晚来扶杖且彷徨。九城低晚日,双鹭起秋塘。 尘世依然黯澹,梦华取次辉煌。诗心禅定互低昂。不辞三折臂,从断九回肠。

鹧鸪天

谁识先生老更狂。病来犹自事篇章。羁身北地非吾土,稽首金天向法王。　　才解夏,又重阳。红蕉缦烂转凄凉。今年都道秋光好,好似春光也断肠。

烛影摇红　重阳前一日赋

十里秋塘,鹭鹚孤起沧烟外。布鞋毡笠送斜阳,相伴西山在。涉水芙蓉漫采。尽荒荒、荷枯柳败。一声唤起,隔巷行来,黄华先卖。　　憔悴兰成,暮年辞赋多慷慨。看看明日是重阳,风叶生天籁。早识韶光易改。更三千、大千成坏。眼前犹自,尘满郊衢,云生关塞。

踏莎行

尘世多岐,蓬山有路。即今欲渡如何渡。兰桡桂楫驾天风,沧波万里生银雾。　　剪绿裁红,含香体素。春醥非蜜荼非苦。崦嵫无地落斜阳,鸿濛一寸诗心苦。

南歌子

雨洗新秋月,霜蜚旧帝宫。何须高馆落疏桐。九陌生尘,无处不西风。　病久诗心定,愁多道力穷。人间万事等飘蓬。二十年前我,已是衰翁。予廿六岁时曾有句曰"身如黄叶不禁秋"。

蓦山溪　大雪西郊道上作

年年至日,为客休言苦。烟雾古城中,甚心情、填词觅句。流光逝水,又到岁时,残风不住。云拥絮。况是天将暮。　城西一带,十载经行处。无计认青山,蝶翻飞、柳花飘舞。乾坤上下,一片白茫茫,琼铺路,银装树。送我还城去。杜诗:"年年至日长为客,兀兀穷愁泥杀人。"

踏莎行　大雾中早行

天黳如铅,云寒似水。市声阗咽飞难起。衷怀悲感总无名,一身落漠人间世。　托钵朱门,挂单萧寺。何曾了得今生事。回看来路已茫茫,行行更入茫茫里。

词选

鹧鸪天

不是销魂是断魂。漫流双泪说离分。更无巫峡堪行雨,从此萧郎是路人。　　情脉脉,意真真。危阑几度凭残曛。可怜极目高城外,只有西山倚暮云。

浣溪沙

城北城南一片尘。人天无处不昏昏。可怜花月要清新。药苦堪同谁玩味,心寒不解自温存。又成虚度一番春。

自着袈裟爱闭关。楞严一卷懒重翻。任教春去复春还。南浦送君才几日,东家窥玉已三年。嫌他新月似眉弯。

久别依然似暂离。当春携手凤城西。碧云缥缈柳花飞。一片心随流水远,四围山学翠眉低。不成又是隔年期。

鹧鸪天　赠北河沿柳

九陌无尘静市声。红楼一角燕双轻。长条雨后留残照,飞絮风前并落英。　　谁识我，此间行。临流羞见鬓星星。可怜惟有河边树，曾伴先生客旧京。

浣溪沙

但得无风即好天。缊袍犹自着吴绵。花飞絮舞近春阑。庵结千峰人世外，草深一丈法堂前。衲僧未敢认衰残。

鹧鸪天

偶得"但得无风即好天"七字，意甚爱之，已谱成前阕矣，复衍成此章。

一梦钧天只惘然。旧欢新恨自萦牵。试沿流水寻芳草，但得无风即好天。　　怜此日，忆从前。为云为雨更为烟。朱楼碧瓦今犹在，犹在残霞落日边。

浣溪沙

极目西山返照中。离离三十六离宫。觚棱金爵郁巃嵷。翠辇不来人世改，凤箫声断玉楼空。上林花似旧时红。

以上三十二首选自《濡露词》,其中之后十首选自《濡露词》后附之《倦驼庵词稿》。一九四四年自印二百册。扉页有题辞:"篆香不断凉先到,蜡泪成堆梦未回。"卷后有《小记》云:

> 曩者自序《留春词》曾有"断断乎不为小词"之言,盖其时立志将专力于剧曲之创作也。其结果则为《苦水作剧》三种。然自是而后,身心交病,俯仰浮沉,了无生趣,构思命笔,几俱不能。而词也者,吾少之所习而嗜焉者也。憩息偃卧之余,痛苦忧患之际,定力既弛,结习为祟,遂不能自禁而弗为,此《濡露词》一卷,则皆去岁秋间病中之所作也。计其起迄不过一月耳。史子庶卿见而好之,既得予同意乃付之排印。噫!予之为是诸词也,予之无聊也;而史子之印之也,又何其好事也。无聊而不遇好事,则其无聊也不彰;好事而适遇无聊,则其好事也,不亦同于无聊矣乎!至《倦驼庵词》则皆前乎此二年中之作,破碎支离,殆尤甚于《濡露》也。校印将竟,乃为斯记,既谢庶卿,且用自白。三十三年初春苦水。

南乡子

衰草遍山长。出没成群兔鹿狼。八月高秋霜露降,苍茫。个是当年北大荒。　　此际下牛羊。人语歌声泛夕阳。万顷如云还似海,汪洋。禾黍黄金一样黄。

蝶恋花

西出阳关迷望眼。衰草粘天,山共斜阳乱。一曲渭城多少怨。歌声三迭肠千断。　　风景非殊时代变。山要低头,人要埋头干。千里龙沙金不换。石油城在盐湖畔。龙沙即流沙。

连理枝　咏唐柳

当日青丝缕。此际千年树。柳发晞春,梳笼新月,膏施清露。纵霜雪都未减容姿,况一宵风雨。　　五彩光明路。神勇摧天柱。骨肉情肠,弟兄心事,并肩齐步。共大昭寺唐柳永青青,永青青万古。

拉萨大昭寺前唐柳,唐文成公主手植,西藏民间传说谓是公主头发所化生。南宋史达祖《万年欢》词:"如今但柳发晞春,夜来和露梳月。"霜雪指英帝国主义侵略。风雨指原西藏地方政府上层分子叛乱。西藏民间传说谓解放军所修公路为光明的五彩路。西藏爱国诗人擦珠·阿旺洛桑的《金桥玉带》一诗中曾说康藏高原上的高山是天柱,并赞美筑路的人民解放军为神勇。原译文见一九五九年四月廿九日《人民日报》。

以上三首选自一九五〇年以后之词作

诗 选

偶成二绝句

秋意何处来,应自树杪起。叶落枝矫健,顾盼如自喜。

远林富红叶,一枝幸折取。归来插胆瓶,秋色照眉宇。

游冯园。园亦名佳山堂,在青州城内,清冯溥所建。故老云园中石取自旧衡府紫薇园

君不见佳山堂中石,当年取自衡王府。紫薇园毁夸冯园,冯园而今亦无主。草际石笋徒峥嵘,女桑柔条初过雨。枯池无水赤桥残,破壁少砖青泥补。鸽翎蝠粪满阶前,谁信当年教歌舞。吁嗟乎盛衰辗转哀乐生,静言思之恻肺腑。今人纵不爱古人,后来亦应悲禾黍。仰视夕阳明灭穿树梢,怪石蠢蠢向人如欲语。

留 愁

我生多忧患，心情常不好。揽镜窥颜面，忽惊颜将槁。始知忧伤人，呼酒将愁扫。醉后心空洞，如风吹衰草。衰草何离离，北风何浩浩。吾愁虽暂消，吾心几不保。从兹不驱愁，愿共愁偕老。

秋日湖上泛舟

秋色碧无际，夕阳红半城。扁舟小如叶，领略此时情。起二句乃湖上楹联，忘其为谁氏之作也。

不曾到江南，曾见江南画。济南秋光好，不在江南下。

此 身

此身千佛山之巅，眼底黄河一线宽。蓦被罡风吹梦觉，半窗明月落床前。

诗 选

病中作

虫声四壁起离忧,斗室绳床真羁囚。心似浮云常蔽日,身如黄叶不禁秋。早知多病难中寿,敢怨终穷到白头。我有同心三五友,何时酌酒细言愁。

湖畔二首

杨花点点菜花齐,流水声中夕照低。小立东风如中酒,青鞋毡笠板桥西。

山头怪石紫还青,天际云低雨乍晴。燕子归来三月半,春波欲泛济南城。

中 年

一过重阳秋意深,问君何事百忧侵。早知多病难中寿,争奈群谣谓善淫。漠漠海波霞镀水,萧萧黄叶日穿林。中年最怕看残照,且把酒杯事苦吟。

家居喜雪晴吟寄海滨诸友

冻雀踏枝争作声,炊烟漠漠闭柴荆用放翁句。颇思大海云低压,又见孤村雪乍晴。事业由来多画虎,功名无分到书生。羊裘鲁酒闲中过,懒向故人道不平。

岁 暮

家居还似客,岁暮自心惊。眼看扶床女,心如退院僧。流年催我老,到处欠人情。莫洒途穷泪,犹堪仗友生。

守 岁

今夕何夕镫烛红,新春之始旧岁终。娇女簪花自睡去,窗纸时透丝丝风。妻谓斗酒储已久,今夕莫使酒尊空。连举数觞亦不醉,双颊微晕鬓云松。我念旧时同门友,天涯流落如转蓬。举觞不饮心已醉,哦诗怀人语难工。我妻笑我徒自苦,肩耸山字眉如峰。绕村爆竹声渐起,拍拍剥剥鸣不已。并肩起向竟中看,妻尚年少我老矣。

青岛第一公园看樱花五绝句(选三)

黄毡笠上插花枝,破木棉裘尚可披。蓦忆芦芽长一箸,明湖正好泛舟时。

樱花路上夕阳过,无赖东风未肯和。独自行来浑觉懒,有人醉后正高歌。

倚楼极目见深春,一片花霞照眼新。帽上黄尘襟上泪,此身争似看花人。

初夏散步樱花路上叠前韵

蜂蝶无情过别枝,残花经雨更离披。可堪结子成阴日,重忆镫红酒绿时。

九十韶光冉冉过,袷衣闲步觉清和。一丸凉月笼烟树,休唱桃根桃叶歌。

又教莺燕送残春,小叶抽芽别样新。依样红楼依样路,更无当日看花人。

飞英曾记铺平沙，忍看芳魂衬草芽。今岁也知春去了，问春何处是君家。

澹怀争道慕羲皇，莫向眼前觅色香。拟把禅机疗旧病，未能低首拜空王。

春夏之交感怀触景有不能已于言者

酒潮初上醉中颜，始觉无聊未是闲。为怕登高更惆怅，坐看红日下青山。

湖海飘零余此身，花开花落总非春。杖藜穿过长林去，只有群山解媚人。

一尺道高一丈魔，禅心困酒更无多。廿年来往邯郸道，不梦黄粱奈老何。

不堪往事忆从前，纵酒征歌也自贤。三月京华尘十丈，年年过得病中天。

登县城

不上此城十五载,旧游那复觅遗踪。苍茫野水连残照,零落归雅背断虹。世路多歧身渐老,童心无着泣何从。廿年尝尽风尘苦,不及卢生一枕中。

岁暮长句三首

一天漠漠走沙尘,眼看冬残岁又新。时序惊心长恨早,诗书堆案未全贫。谁言万岁千秋业,我是燕南赵北人。忧国思乡无限事,夜阑拥被一酸辛。

南天瞻望未休兵,每倚危楼忆上京。梦里伤怀余涕泪,人间无地立功名。十年湖海飘零惯,一市尘沙自在行。歌哭无端君莫笑,岁阑难得好心情。

漠漠浓云扫不开,阑干倚遍又徘徊。此身拚向尘寰老,当日悔从海上来。未必斩蛇皆健者,长怜屠狗是人才。有家常作无家客,十五年中事事哀。

初冬自家抵津，友人招饮市肆中，醉后走笔赋此寄君培滨江

孟冬十月寒风起，草木摇落清霜里。棉裘毡笠辞家行，直南直北千余里。黄昏日落抵津沽，黄云漠漠尘模胡。故人见我出意外，握手相看一欢呼。市楼买醉消长夜，京师羔羊真无价。妃白俪红精且腴，鸾刀胲切妙天下。铜釜初看炭火明，釜中汤已沸作声。盐豉辛辣发滋味，佐以园荽郁青青。不尝此味已三月，入口脆滑如欲咽。少饮能醉醉能狂，此际恨不天雨雪。饮罢倚楼一怅然，冯生远在松江边。夜半冻结江中水，凌晨积雪明烛天。书来苦道不得意，流泪成冰洒雪地。百年长恐负此身，一生悲苦人间世。呜呼冯生且勿悲，诗人从古多如斯。江南江北烟尘起，干戈满地欲何之。君不见太白长流夜郎郡，又不见少陵奔走余孤愤。身后诗篇万口传，生前饥渴无人问。

五九初过，大有春意，病中止酒，孤负佳日，赋长句寄伯屏

扑面轻风不起尘，河水微泮乍宜春。拟烧孤烛消长夜，还

诗 选

惜中年抱病身。一事成名长短句，只君待我弟兄亲。故乡故国俱无着，剩把愁心托故人。

欲　雪

欲雪不雪天公懒，似阴非阴客子情。新岁新春人落漠，此时此地意纵横。填词心绪真无那，多病形骸太瘦生。到得中年哀乐减，始知来日是归程。

从　今

心火熊熊漫自焚，音书久已断知闻。从今人事应无我，多病自怜尚为君。逝水迢迢悲去日，横空冉冉爱痴云。争知欲雪还开霁，独倚危楼看夕曛。

街　上

粒粒恒河岸上沙，岸沙粒粒接天涯。相逢几个是相识，街上尘淹山上霞。

枕上口占

细雨如丝拂画檐,欲晴乍觉朔风尖。红茶煮熟还欹枕,银烛烧残未下帘。昨梦伴谁行月下,平生无分到江南。开春诸事供惆怅,又试年时白袷衫。

谁 解

少年老气已横秋,壮岁童心那自由。鬓发生华悲逝水,绳床载梦忆乘舟。已栽绿树长平屋,莫使黄埃飞上楼。谁解伤春复伤别,幽燕应不似扬州。

溪边赋

草芽转绿柳回黄,渐觉他乡胜故乡。溪水悠悠意无尽,鱼苗乍可寸来长。偶因病体得暇日,莫使闲心作战场。直把众生超度遍,古来唯有世尊狂。

晓日照芙蕖

晓日照芙蕖,花醒叶碧腴。夕日照芙蕖,叶放花意舒。晚来池面波不起,亭亭倒影入绿水。中宵天上月光流,照见莲华始欲愁。凉露浩浩无声雨,莲华含泪如欲语。此际何处微风来,水纹徐动华徘徊。

三 更

三更小立一披襟,风送柳花香满林。凉露从教湿雁背,繁星试与证春心。九天玄鹤千年寿,东海苍波万里深。有尽生涯无尽意,群山北向月西沉。

西山道中

前日入城来,杨柳枝上春无多。今朝出城去,万缕金黄蘸绿波。嬉春归去谁家女,折得杏花柳外过。双眸直共波潋滟,两颊春阳醉欲酡。头上青天青如洗,足下碧草碧似罗。不知春风来何处,人与杨柳共婆娑。我时驱车行古道,临风慷慨发浩歌。吁嗟呼东风未老奈愁何,吁嗟呼东风渐老奈春何。

夜读山谷诗忽若有悟,戏赋不必效其体也

朝看青山暮看云,宵来看烛漫怀人。江南塞北同一月,万古千秋只此身。试遣泥牛入大海,从知野马是微尘。回头三十年间事,错把欢娱当怆神。

梦 回

梦回忽失江南人,漫说天涯若比邻。醉后争言千古事,尊前谁是百年身。青山红树不知晚,霜鬓黄花相与新。万里途中远行客,大家各自老风尘。

极 目

迢迢南去路,极目但尘沙。人事自流转,吾生亦有涯。山荒下白日,秋老健黄华。古木无枝叶,盘空数点雅。

旧岁秋日山居,晨起见枝间老柿得日艳丽至不可名状,久欲纪以诗而未就。冬夜无寐忽复忆及,枕上口占

煜煜枝间柿,依依天外霞。微风动霜叶,初日散林雅。已去羲皇久,空悲岁月赊。眼前风物美,一笑慰年华。

旅途四首

驱车行古道,日昃不得息。暝霭失归鸟,仰视星历历。泥涂没车毂,流潦尽马力。我马既云瘏,汗与霜露湿。老枭车前鸣,我仆亦太息。隔林夜镫红,恨不生羽翼。

野店仅邻村,泥墙黄茅屋。马食只枯萁,我食讵得肉。遣仆沽村醪,一杯亦已足。破壁无纸窗,风来摇短烛。烛烟袅缕缕,烛光战碧绿。展衾还不眠,屋角星煜煜。我马时一嘶,鼾声乱我仆。

村犬吠不已,村鸡争先鸣。树巅挂残月,我又驱车行。晓风一何冽,遍体寒粟生。居人当此际,拥衾眠未醒。案头孤镫

在，镫光作微青。分明照见伊，梦我此时情。老仆策疲马，行行重行行。

旭日既东上，辉辉古寺瓦。乱木拥荒村，暧暧见里社。数翁提幼孙，暴背茅檐下。饭熟各自归，而我何为者。栖栖复皇皇，敝车与羸马。浩浩者风沙，茫茫者旷野。我行殊未已，念此泪盈把。吟诗写我忧，诗成忧未写。

海　水

海水万里深，阔岂只万里。前波复后波，前仆后已起。波山与波谷，追逐无时已。君浴海西涯，妾浴海东涘。苕苕万里间，实若亲肌理。相思无尽期，相望亦劳止。相望不相见，相思徒为尔。

小极数日不愈，殊无聊赖，幸案头菊尚未残，小梅亦着花，闭户偃息尚自不恶。戏效宋人体作长句

我马不堪玄以黄，谁教揽辔上高冈。静调病体抵治国，学写新诗类处方。旧事只如昨宵梦,寒梅能发去年香。案头亦有残菊在,漫采黄华作枕囊。

凄　凉

凄凉始觉客无家,竟里颜凋感岁华。去日悠悠蛇赴壑,留痕处处蟹行沙。冻蝇自曝窗前日,残菊犹开叶底花。老我颓然少佳趣,糖霜酪乳点红茶。艺菊者皆去其叶底小蕾,余今岁所种菊皆留之,开后亦殊有致。

代柬寄伯屏

听雨联床昨宵事,三秋一日数行书。预期来世为兄弟,未识轮回定有无。双鬓点霜悲老大,百年如梦叹空虚。何当共策蹇驴去,却上西山望旧都。

人　间

也共行人逐水流,孑然真似海中沤。长天星影摇摇坠,远市灯光煜煜浮。惊看明驼渡沙漠，真疑华屋亦山丘。书生莫恨行路少，此是人间汗漫游。

光　阴

光阴只在水声中，漫向青苔惜坠红。门外溪添半篙涨，窗前花谢一宵风。春来春去年年事，人哭人歌处处同。读罢樊川诗一卷，坐看飞鸟没长空。

薄暮西山道中长句

高柳风中欲折枝，垂杨雪后尚余丝。千林叶落山容老，一带城高月出迟。百病一身原不悔，万方多难更何之。沉沉云色茫茫路，人意天心俱未知。

偶　成

杨柳一丝竹一枝，春风春雨好相思。垂垂拖地亭亭立，无奈雨晴风定时。

春蚕丝尽犹未死,自缚何曾便是痴。认取双眉弯似月,试看破茧化蛾时。

长　句

衮衮诸公善谋国,哀哀众庶已无家。河山万里供残照,弦管一城乱暮笳。落叶纷纭杂乌鹊,长空黯澹搅风沙。危楼倚罢还独下,长句吟成只自嗟。

济南杂咏用元遗山韵 十首录七

济南传是水驮城,风雨深宵心暗惊。平旦鹊华桥下望,芦芽短短一时生。

湖边夏屋自渠渠,物我相看总一如。怪道水纹动圆浪,碧荷叶下出红鱼。

易安居士亦词仙,无处重寻柳絮泉。帝所魂归人不见,今宵明月是何年。

金盏垂莲未肯辞，不堪人散酒阑时。平湖月满下船去，细嚼深悲当赋诗。

棉裘脱去袷衣轻，密雨浓云一夜晴。再到南山应笑我，当时毕竟太狂生。

岸柳堤花露气凝，我心争似水心澄。笙歌散去秋波定，倒映金波涵玉绳。

山色湖光一望迷，杨花点点菜花齐。前游浑似春宵梦，自咏新诗冠旧题。

大 风

西北阴云起，髡龙气势雄。不成今夜雨，只送一天风。尘土淹全市，星辰摇半空。出门欲何往，吾道竟终穷。故乡俗说西北有秃尾龙，能为暴风雨。

夜坐小饮因口占

淡酒几杯浅浅斟,小窗独坐夜惛惛。乱生花木少行次,无数星辰自古今。歌哭无端欲谁语,雨晴不定识天心。更声静后千家睡,如此神州竟陆沉。

以上六十八首选自《苦水诗存·留春词》一书中之《苦水诗存》,一九三四年秋自印五百册。扉页有题辞:"逝水迢迢悲去日,横空冉冉爱痴云。"卷首有《自叙》云:

> 余之学为诗几早于学为词二十年,顾不常常作。自民国十三年以后专意于词,往往终岁不作诗,即作亦不过三五首。十九年冬以病忽厌词,二十年春遂重学为诗,今所存十之六七皆尔时以后所作也。余之不能诗自知甚审,友人亦多以余诗不如词为言。武林生尝谓余曰:"君之诗如他人集中之词,而词则又如他人集中之诗。"盖林生之意以为他人精心结意为诗,而以余力及词,余则精心结意为词,而以余力及诗。其实殊不然也。余作诗时虽不必如老杜之语不惊人死不休,亦未尝率意而出,随手而写;去留殿最之际,亦未尝不审慎。顾只能到此田地,人耶,天耶,盖难言矣。稚弟六吉从余学韵文,读余诗稿竟,则曰:"兄之诗未能跳出前人窠臼,在古来废墟中讨生活,宜其成就仅此而止。"余瞿然此言其切中余病乎。余作词时并无温、韦如何写,欧、晏、苏、辛又如

何写之意，而作诗时则去此种境界尚远。少之时最喜剑南，自二十年之春义山、樊川，学山谷、简斋。惟其学，故未必即能似；即其似，故又终非是也。即此，余亦自知之，然知之外终不能另有所作为，余于是乎绝望，而今而后于诗亦不能不放弃之。然汇而存之且印之者何？譬之自家子女，以养以教，不能不尽父母之责，如其不才，明达如陶公，不过曰"亦已焉哉"而已，不能逐之放之也。是以余于余之诗亦未忍烧之，弃之。既未忍烧之，弃之，则勿宁且汇而存之，而印之耳。是为叙。廿三年秋日于北平东城萝月斋。

病起见街头有鬻菊者，因效杨诚斋体成长句四韵

嫌杀街头卖花担，触眼黄花分外黄。早识新吾非故我，不知今日是重阳。风来欲扫千林叶，波漾先生两鬓霜。南北东西何处好，愿为鸿鹄起高翔。

近来授诗时举禅家公案俾助参悟，从学诸君亦或以此相问，因成小诗一章

一片诗心散不收，袈裟仍是两重裘。凭君莫问西来意，门外清溪日夜流。

诗 选

向晚短句

计日探春讯，何时看海棠。吹衣风浩浩，搔首意茫茫。带病即长路，衔悲上讲堂。楼前山色好，向晚益青苍。

春日杂咏四绝句

下山白日正迟迟，犹是明灯未上时。话到简斋诗句好，晚风徐裛绿杨枝。_{陈简斋诗："一帘晚日看收尽，杨柳春风百媚生。"}

学书犹未略知津，漫说苦思通鬼神。铁画银钩今尚在，龙腾虎掷更何人。_{题影印王右军真迹。又俗云：思之思之，鬼神通之。}

吾师诗句久空群，笔法千秋接右军。耿耿此心虽好在，青青双鬓已输君。_{新得尹默师手书诗稿。又友人近作词曰："好是鬓双青。"}

壮志年来已半消，诗心澎湃尚如潮。六街人静无车马，独上金鳌玉蝀桥。

薄暮散步什刹海附近，因访友人不遇而返

巢泥已带落花香，何事飞飞燕子忙。人不归来春又去，荒城一半是斜阳。

更无荷叶叠青钱，只剩垂杨绾暮烟。今日会贤堂下过，共谁掩泪话开天。

浮生不信是浮云，扶病时时到水滨。南岸行人北岸柳，仙凡惆怅隔红尘。

经年一到寒松阁，古寺黄昏蝙蝠飞。拄杖徘徊人不见，布鞋还踏月明归。友人居寒松阁。

长句四韵

啼尽城头头白乌，起看秋色到吾庐。空闻隐几能忘我，自笑谂痴尚有符。静里愁怀非寂寞，病中诗律见工夫。回首烂柯山下路，先生此局未全输。陈简斋曰："唐人多有此体（五、六句与七、八句平仄同）——盖书生之便宜也。"

诗 选

海棠绝句

彻夜狂风动地来,预愁降蕊委尘埃。平明火急起来看,依旧枝头艳艳开。

失 题

从古有生多草率,当春无日不风沙。东陵自是真奇士,种得青门五色瓜。

又失题

昨夜耿无寐,今朝食不佳。聊将肉边菜,当做八关斋。

君哲邀看兰花赋此为报

先生养花如缮性,况复爱花如惜命。一日不食可忍饥,片刻无花即成病。春风春雨相涵濡,朱朱粉粉满庭除。垂杨金线何袅娜,古藤虬蔓更扶疏。北国秋兰久罕见,高斋盆盎发几箭。朝来才放一两枝,隔邻已闻香满院。邀我来看雨初晴,杲杲白日生秋明。坐对何曾被花恼,花气诗思相与清。绿叶紫茎产岩谷,灵风露华为膏沐。捆载移根自天南,抖落旧京尘万斛。先生不肯闷幽香,饷我清芬涤我肠。鲰生惭愧饱此德,何以报之诗一章。

读杨诚斋集口占

佳人难得况奇才,_{沈尹默先生题杜樊川诗集曰:"珠箔长愁明月去,佳人易得此才难。"}绮语陈言两俱排。清到壶冰瘦似鹤,几人于此见诚斋。

三五句诗中底用_{诚斋诗:"不有三句五句诗,安得千人万人爱?"}万千人爱亦何为?山谷后山奇不尽,奇外无奇更出奇。_{元遗山"论诗绝句"句。}

载 辇

大槐宫殿郁嵯峨,玉树歌残哀更多。不信高丘竟无女,谁教枯井更生波。依依斜日沉箫鼓，黯黯秋光照绮罗。载辇金仙垂涕泪，且披荆棘觅铜驼。

陈君哲家腊梅折一枝

金粟如来示妙相，黄面古佛现法身。君不见二祖立雪还断臂，雨大法雨转法轮。试待天公瑟瑟下珠霰，会见君家冉冉起香云。

五月十二日雨中到校，青峰索阅近作，归来成长句四韵

群花落尽日初长，怪底朝来分外凉。巷后巷前泥滑滑，城南城北雨茫茫。居家已觉如萧寺，说法还须到讲堂。多谢先生曾督促，归来犹为作诗忙。

十四日又雨，归自西城再赋

青杨叶重柳枝低，门外方塘水漫堤。卖菜呼声巷前后，断

云分雨市东西。愁边心绪浑无赖，高处楼台望欲迷。泥滑早知行不得，鹧鸪犹自尽情啼。

时　时

陋巷索居断往还，时时极目望江关。楼空可奈人千里，天远唯存月一弯。桃叶桃根成已事，为云为雨定何山。荒城是处悲摇落，争怪先生两鬓斑。

散步中庭，见邻家枫树已复有
二三枝殷红，感而有作

庾信初开府，杜陵旧秃翁。人生竟至此，吾道岂终穷。目尽随阳雁，心伤去岁风。邻家枫树子，又作一枝红。

偶读香山诗，见其自注中有暮雨萧萧之句，
意颇爱之，因足成四韵

不惜胜年如满月，剧怜夜夜减清辉。幛外垆烟随意转，庭

前木叶逐风飞。愁云漠漠天将压，暮雨萧萧人未归。画得残眉还对镜，起来更着五铢衣。

夜坐偶成长句四韵

学道浑如退飞鹢，赋诗何异诊痴符？病来七载身好在，贫到今年锥也无。永夜北辰低象纬，一星南极落江湖。空堂独坐三更尽，城上又啼头白乌。

偶成一首

流涕攀条复折枝，英雄心事竟谁知？眼中不见桓司马，始信王敦是可儿。

寒食后一日风雪中见杏花，用青峰先生寒食过筒子河韵有作

幽斋危坐数晨昏，何处可寻春梦痕。一树杏花风雪里，此时肠断与谁论？

夭桃落尽柳垂丝，谁是伤春杜牧之？结子成阴等闲事，可堪风雪过芳时。

柴青峰先生原作

城阙风烟白日昏，细看春雨涨新痕。艰难又是逢寒食，肠断江南不可论。

冷落尘寰鬓有丝，春寒恻恻欲何之？经年踏遍东华路，第一销魂在此时。

和青峰先生清明后一日纪事作

待得阳春至，楼前日日风。何人梦蕉鹿，有客病蛇弓。不觉此间乐，敢云吾道穷？衰残兼病懒，只与去年同。

青峰先生原作

暂歇清明雨，来听彻夜风。楼台非故物，鸟雀畏遗弓。自有乘时兴，翻怜客路穷。年年当此日，幽意与谁同？

春夏之交得长句数章统名杂诗云尔

净业湖边送晚晴，会贤堂下暮烟生。驼庵得句无人识，燕市今宵有月明。

丁香飘雪不禁愁,雨打风吹看即休。隐隐杨花无影过,空庭有月莫登楼。

一盏临轩已断肠,寻花谁是最颠狂。年年常抱凄凉感,独去荒园看海棠。

今年又过海棠时,暮雨朝晴系梦思。一架朱藤深院里,黄蜂喧上最高枝。

遥山过雨泛空青,池面风回约绿萍。隔岸柳荫还漠漠,著花楸树正冥冥。

感怀触事自长吟,惆怅难为此际心。紫燕归来花已老,青蝇飞动夏初临。

白塔危阑爱独凭,登临又到最高层。汉家事业何关树,一任秋风起五陵。

净业湖边作

壮才几见济时艰,龙战郊原草木殷。歌吹扬州犹好在,风波帝子去无还。长安市上尘如海,银淀桥边雨后山。猿鹤虫沙都已矣,有人夜半出函关。

晚春杂诗 用《秋明集·春归杂感诗》韵

长堤花落草如茵,绿暗丝长柳不新。一盏临轩饯春去,江南应有断肠人。

红白桃梨取次稀,海棠娇蕊不禁吹。薄阴几日东风恶,满砌新苔任雨滋。

说到春归泪已垂,青鸾消息至今疑。行人不比东流水,须信天涯有转时。

小立东风欲语谁,只成惆怅不成诗。廿年往事如春梦,那有情怀似旧时。

春去驼庵数首诗,眼前景物即新奇。楸花红瘦槐花重,几树青杨叶正肥。

凭教杜宇送年华,岁岁春归只自嗟。说到人生无一语,空阶落尽紫藤花。

尚有啼鴂解劝人，无情榴蕊一时新。眼前已是春归去，犹把红花当做春。

今年又过海棠时，虚拟佳期在后期。别久不知桑海变，怀人肠断玉溪诗。

七言长句五章

心波荡潏碧溪寒，意绪焦枯朔雪干。扫地焚香总无赖，当歌对酒愧清欢。大星自向天际堕，太白休登楼上看。此调明知少人识，朱弦一拂再三弹。

颠危正要借筇枝，一木难将大厦支。投宿群鸦影凌乱，归飞双燕羽参差。无多芳草美人意，有限黄绢幼妇辞。乞与法衣传不得，南能一命记悬丝。

祇树园居舍卫城，海潮音发大千听。无生法忍众生度，希有世尊同有情。物化神游犹外道，菩提般若亦常名。一心朗朗明如月，陵谷沧桑任变更。

端阳一去过重阳,霰雪交飞益感伤。四海扬波淹日月,九州无地老耕桑。休夸汉代金张第,不羡卢家玳瑁梁。几案无尘茶饭好,十年前是白云乡。

当年相遇桂堂东,此际全非昨夜风。澹澹月痕眉样小,摇摇窗影烛花红。间关绝塞人空老,濩落生涯天所穷。唤起当筵龙象众,神槌一击碎虚空。

以上五十一首选自一九四〇年之后的诗作

晚秋杂诗六首用叶子嘉莹韵（一九四四年秋）

倚竹凭教两袖寒,何须月照泪痕干。碧云西岭非迟暮,黄鞠东篱是古欢。淡扫严妆成自笑,臂弓腰箭与谁看。琵琶一曲荒江上,好是低眉信手弹。

巢苇鹪鹩借一枝,鱼游沸釜已难支。欲将凡圣分迷悟,底事彭殇漫等差。辛苦半生终不悔,饥寒叔世更何辞。自嘲自许谁能会,携妇将雏鬓有丝。

青山隐隐隔高城,一片秋声起坐听。寒雨初醒鸡塞梦,西风又动玉关情。眼前哀乐非难遣,心底悲欢不可名。小鼎篆香烟直上,空堂无寐到深更。

旧殿嵯峨向夕阳,高槐落叶总堪伤。十年古市非生计,五亩荒村拟树桑。故国魂飞随断雁,高楼燕去剩空梁。抱穷独醒已成惯,不信消愁须醉乡。

一片西飞一片东,萧萧落叶逐长风。楼前高柳伤心碧,天外残阳称意红。陶令何曾为酒困,步兵正好哭途穷。独下荒庭良久立,青星点点嵌青空。

莫笑穷愁吟不休,诗人自古抱穷愁。车前尘起今何世,雁背霜高正九秋。放眼青山黄叶路,极天绝塞夕阳楼。少陵感喟真千古,我亦凭轩涕泗流。

病中口占四绝句(一九四五年秋日)

披云淡日透微明,瓦雀檐端时一声。知是黄梅是秋雨,欲寒还暖乍阴晴。

吟诗廿载咽寒蛩,一事还堪傲放翁。病骨支床敌秋雨,先生亲见九州同。

千古儒家说大同，郊原血战起腥风。天心厌乱人无改，谁挽狂澜更向东。

江出三峡似奔雷，十二巫峰曙色开。龙车鸾驾杳何许，伊人犹自未归来。

卅六年开岁五日得诗四章
分别呈寄各地师友（一九四七年元月五日）

夜鹊南飞尚绕枝，人天心意两难期。高原出水始何日，深谷为陵非一时。故国旌旗长袅袅，小园岁月亦迟迟。少陵已自伤摇落，却道深知宋玉悲。

变风变雅到离骚，方信寒虫彻夜号。世事从来付渠辈，天心可是属吾曹。三更谯鼓星河转，十月严霜鸿雁高。捧土塞川心好在，九牛争欠一毫毛。

山鸡毛羽即文章，丹凤云霄岂敢望。千古有生皆客旅，八年留命待沧桑。骚人避世争辞苦，志士悲天只自强。镜里头颅漫如许，更晞白发向青阳。

二十余年客旧京，岁朝莫漫起心兵。重阳吹帽识风力，五月披裘非世情。云路还输远征雁，星光自照暗飞萤。平生师友多磊落，未为道孤忘此生。

七言长句和元月所得四章韵（一九四七年二月六日）

由来越鸟恋南枝，不惜佳期更后期。渡海燕鸿迷故道，填河乌鹊异前时。长嗟呵壁天听远，见说挥戈日驭迟。真个江南消息断，摘来红豆不胜悲。

痛饮何须更读骚，庭前老树有乌号。共推灵运擅佳句，若比渊明成下曹。世谛闹中仍寂寞，尘寰何处不清高。几人未肯低着眼，但向云霄觅羽毛。

废尽残篇与断章，去来今际试相望。但教精卫能填海，何必高原好种桑。佩紫怀黄罢西笑，履冰蹈刃异南强。六出歧山旧名士，当年原自卧南阳。

争骑鸾凤上瑶京，谁挽天河洗甲兵。泽畔行吟徒自苦，涂穷垂涕更多情。闲云镇日难成雨，腐草何时可化萤。事业文辞俱不就，萧骚白发一书生。

三叠前韵

不恨栖鸦已满枝，翻飞独鹤有前期。半生篇什经三变，古市衣冠异昔时。可惜渊明归去早，剧怜弥勒下生迟。世尊真具人天眼，欲转大慈成大悲。

烛明窗暗树萧骚，斜月屋西鸡未号。议论终须推二陆，文辞还是让三曹。少陵西蜀那知老，元亮东篱不自高。此际精魂如欲语，千金敝帚等鸿毛。

书生只合事篇章，海上神山未可望。已为秋风悲落木，更希朝日出扶桑。三分事业竟前定，六国甲兵非不强。合纵全输苏季子，武侯争忍卧南阳。

霜毛雪涕喜收京，痛哭阋墙未罢兵。闭户敢云心识道，吟诗犹自景生情。青衿席帽皆尘土，握椠怀铅愧雪萤。榔枥横担留不住，结茅盖顶学无生。

争说一首 （一九四七年二月十二日）

争说残冬尽，试看春浅深。坚冰融岸北，积雪在楼阴。历历三生事，悠悠万古心。还将眼前意，一证去来今。

秋阴不散霖雨间作，一日午后往访可昆君培伉俪于沙滩寓所。坐至黄昏复蒙留饭，纵谈入夜，冒雨归来，感念实多。年来数数晤对，留饭亦不可胜计，而此次别来已一星期，仍未能去心，自亦不能解其何因。今日小斋坐雨乃纪之以诗，共短句四韵四章即呈可昆与君培。私意固非仅识一时之鸿爪而已，谅两君亦同此感 （一九四七年九月二十三日）

默师曾有句，一饭见交情。多感贤梁孟，推心旧友生。涂长叹才短，语罢觉灯明。不忍相辞去，秋宵已二更。

出巷行人少，衷心念未停。新吾非故我，四鬓尚双青。此语指两君，故曰四鬓。云压疑天矮，雨疏闻地腥。觅车始缓缓，张盖自亭亭。

微雨难教住，归家倍有神。山妻知我意，弱女问何因。共说容颜好，仍夸气象新。撚髭成一笑，重见谪仙人。

解衣难入睡，思虑正纷纭。巨海千层浪，清宵万缕云。人终怜故国，天岂丧斯文。失喜高飞雁，罡风未断群。

和陶公饮酒诗二十首

苦水旧亦好饮，沦陷以还，贫病交加，遂尔止酒。三十六年开岁，时时一近杯杓。而脏虚不胜酒力，酒中之趣因之大减，人谓渊明之意不在酒，亦寄酒为迹者也。然则陶公之为官亦寄，归田亦寄，推而至于吟诗，乞食，躬耕，亦何莫非寄。今苦水止酒而和饮酒诗，殆亦寄迹焉尔。

志士千古恨，吾道竟何之。大火燎原日，四海鼎沸时。开岁满五十，焉能待来兹。文章可名世，将信复将疑。遣愁时一醉，予怀渺难持。

滔滔者绿水，黯黯者青山。长此千万古，寂寞两无言。四时行相续，迫及迟暮年。大雄了生死，兹道竟不传。

阳春忽已至，万物各有情。林木郁芃葱，山鸟自呼名。日月无偏私，所以遂重生。何事众灵长，咄咄转心惊。此际甘独宿，当年曾目成。

花期一何短，巷陌万点飞。白日风怒号，深夜雨声悲。池塘绿阴满，蜂蝶何所依。攀枝生惆怅，寂寞复来归。肺腑自煎煮，容颜镜中衰。犹念陶公句，但使愿无违。

田园未必寂，城市未必喧。以此分躁静，无乃所见偏。显亦不在朝，隐亦不在山。拄杖街头过，目送行人还。所思长不见，默默亦何言。

平生抱肝胆，毕竟向谁是。倘无不虞誉，焉来求全毁。采薇饿西山，自恨未能尔。美人遗铅华，何况著罗绮。

时当两汉季，曹公真人英。登山观大海，乃无儿女情。未必果端士，独力支天倾。诗法既凌迟，竟作寒蛩鸣。我诵香奁集，追思玉溪生。

杜陵老秃翁，峥嵘不世姿。参天长松柏，郁哉傲霜枝。日用见神通，寻常出雄奇。生涯纵艰苦，所志在有为。譬彼千里马，絷维无靮羁。

我读二公诗，为之襟抱开。怅望千载上，缅邈惜余怀。自恨才力短，敢云时命乖。衣食见追迫，亦未怨栖栖。褷褷毛羽敝，梁燕自衔泥。世情多怅触，生理讵调谐。高山从仰止，此意终不迷。驽驸追骐骥，中夜起裴回。

跳蛙在坎井，笼鸟触四隅。步兵非健者，挥泪哭穷涂。竟忘天地阔，纵横任驰驱。藐姑射之仙，绰约若有余。苟能得其意，此世良可居。

渊哉庄生旨，忘言始知道。夐乎大圣学，发愤不知老。下世深秋蝉，声嘶抱木槁。玄圃有仙人，但保颜色好。维生曰大德，维贤曰国宝。绝峰千丈雪，晶莹烛天表。

古人有遗则，吾生非后时。美人隔云端，凤鸟为致辞。怀文以自守，念兹复在兹。琼敷与玉藻，胡为将信疑。维此千秋业，所贵勿自欺。俗中方竞进，舍旃欲安之。

少陵陷贼日，所处非人境。城北复城南，忽忽迷醉醒。挥涕恋行在，瞻望时引领。鲋鱼困涸辙，囊锥敢脱颖。吟诗哀江头，文辞何彪炳。

海上三神山，风引不可至。世谛如醇醪，斟酌颓然醉。空林麋鹿游，脱避抑其次。振衣千仞岗，出尘安足贵。谁欤人间人，味兹人间味。

欢娱既去心，哀情欻来宅。废墟无居人，古道只遗迹。试寻少年游，什一存千百。西崦日初暝，东岭月又白。苟不辞虚空，光阴如何惜。

少小亲典籍，今未穷一经。尽日事铅椠，皓首竟何成。不怨颠沛苦，空悲岁月更。庐墓已丘墟，椎心记过庭。羊鹤既不舞，庄雁亦不鸣。知我二三子，相谅此时情。

率土无异境，苦节多高风。耻作鸟兽徒，甘落尘网中。存诚坦万虑，胡越或相通。局促怀小智，尊酒现蛇弓。

含生必有取，君子恶苟得。量力敌饥寒，过此亦已惑。意坚齐险夷，理得破通塞。佳人在空谷，未须夸倾国。牵萝倚修竹，寒日共沉默。

为富诚不仁，为贫乃可仕。释氏主明心，儒家重行己。志士争上流，岂非以有耻。泪眼向山河，衔哀辞乡里。坎坷多所更，疾苦笔难纪。知足更励前，知止以不止。心死诚堪悲，外物讵足恃。

醒时既作伪，醉中宁有真。杜老具宏愿，再使风俗醇。颓波逝难挽，世故何由新。陶公弄柔翰，寓言寄避秦。桃源非人境，窈窕隔俗尘。吾生从微末，斯世果辛勤。出门接肩踵，相遇无相亲。杨子泣歧路，尼父是知津。酿熟既须漉，何妨取葛巾。一醉竟匝月，嗟嗟彼何人。

卅六年三月廿三日录稿　廿八日重改定

溪边观水涨七律一首（一九四七年九月二十四日）

难得秋怀澈底清，心如溪水未能平。生涯蘀落同牛后，花事阑珊到马缨。白鸟飞来仍自去，斜阳有限更多情。黄门家训纵平淡，凄绝一篇观我生。

杂剧选

垂老禅僧再出家

第一折

(正末僧装上。诗云)薙发披缁空即色,参禅礼忏色非空,达摩无有西来意,一任泥鳅自化龙。自家临济廿八代嗣法和尚继缘的便是,俗家陈氏,大同府人也,在这大名府兴化寺出家。俺这兴化寺乃是当年一千五百人善知识临济始祖义玄大师说法道场,传到俺手里只剩破庙一座,孤身一人。且喜尚有庙地十余亩,自种自吃,无牵无挂。这都不在话下。如今有一乡亲是梨园行净色赵炭头,带领他的浑家什样景卖艺至此,不幸病卧邻村,半载有余。是俺心怀不忍,时常帮助与他一些钱米。今日佛前课罢,且去探病走遭儿者。(唱)

〔仙吕点绛唇〕初祖西来,道传法外,非空色,任意安排,甚的不是菩萨戒。

〔混江龙〕大千成坏,尽着俺一烟蓑,相伴着两芒鞋。菩提是树,明镜非台,养得这露地白牛强似虎,怕什么弥天黑海欲成灾。乾坤大,只晓得着衣吃饭,任瞎说姹女婴孩。

(做出寺锁门科。唱)

〔油葫芦〕常则是十叩柴扉九不开，真快哉，清净的禅林何处著尘埃。遥望着大堤一带春颜色，不信他世缘能把禅心败。村白酒有处买三杯，下肚浑无碍，且向那桃花深处，迤逦着自行来。（下）

（净领旦儿上。云）柴也不贱，米也真贵，两个冤家活是一对。自家赵炭头，这个是俺的浑家什样景，卖艺至此，不幸病倒，日渐沉重，有兴化寺继缘和尚常来帮俺。浑家，门口儿觑者，陈师兄今日敢待来也。（旦儿云）理会得。（末上云）来此已是赵乡兄寓所，大嫂正在门首，大嫂，你领我进去咱。（旦作领末进科）（末云）赵乡兄这两日可硬朗些？（净云）谢师兄惦念，俺的脑袋硬着罢哩，这病则有添无减，眼看无那活的人也。（末唱）

〔天下乐〕颜面焦黄染病色，形也波骸，干似柴，那瘦嵓嵓的样儿，恰待向土里埋。哎，你个小祸胎，不自在，犹兀自人前科诨打趣来。

（净云）师兄，咱闲口论闲话，你看我这浑家可好？（末云）好与不好，与我无干。（净云）你休说无干，有朝一日我死之后，拜托你领了他去吧。（末云）这是什么话头？（净云）不是话头是公案。（末唱）

〔寄生草〕枯僧每多好色，你猜我似鸠摩罗什般把相思害。只为您夫妻每似一对儿毛脚蟹，我待要填还了您这冤家债。你且安心关上了碧沙橱，再宁神留得这青山在。

（净云）我一会儿不像一会儿，我要死也，拜托，拜托！务必，务必！（末唱）

〔后庭花〕昏昏地眼倦开，行行地泪滴腮。我这边满腹内揣着慈悲意，他那里腾天价火起袄庙灾。因缘簿，乱安排，阳台云雨，你硬派给出家人一面风月牌。

（净云）浑家，我要走了，不必难过，一切的一切都有陈师兄哩。师兄，此后你日夜看什样景儿吧。（末唱）

〔柳叶儿〕这一回天低日昃，眼看他力弱神衰，凶多吉少阎王的客，人无奈，命哀哉，一口气不接，准备着抬埋。

（净死下至鬼门复上科。云）师兄，此后你日夜看什样景儿吧。（复下。旦儿放声大哭科。云）我的天儿来。（末云）大嫂且休烦恼。（唱）

〔赚煞〕莫生哀，休无赖，拆鸾凤，时衰运衰。天地无情途路窄，剩孤身粉面莲腮，哭断肠失侣伤怀，（内作鸡声科。末唱）日午的鸡声风送过来。桃花落满阶，成何境界。（旦儿云）师兄，你说我如何是了也。（末唱）将一个巫娥女生撅下了楚阳台。

（末云）大嫂，烦恼有日，且去休息咱。棺木衣衾，我自回去准备了与你送来。（旦儿下）（末云）好不可怜人也。（诗云）只为他赵炭头性命不长，倒着我手脚着慌，回寺去预备棺木，再送来成殓衣裳。（下）

第二折

(正末僧装上。诗云)风光别作一番新,傍晚风来古寺门。禅僧出定闲阶静,飞花恰不似残春。俺继缘自从同乡赵炭头亡化过了,便葬他在本寺的庙地里,如今一月有余了。眼看花飞絮舞,又到春末夏初也。禅心知道本非絮,一任东风上下吹。(唱)

〔**中吕粉蝶儿**〕落尽荼蘼,正清和夏初天气。小红桥横跨着清溪,水生波,山无际。俺则是寺门闲闭,任残花一到处转飘狼藉。

〔**醉春风**〕沾雨正亭亭,天晴也浑似洗,绿杨无日不依依。喜,喜,喜,一派禅机,千条临砌,葛丝垂地。

(带云)不觉得日向晚也。(唱)

〔**红绣鞋**〕才见这当头红日,一霎时残照低迷。这些儿难道是西来意。衒淡泊,不新奇,那晓来的东山上原来还是你。

(带云)忽然想起,赵炭头虽死,什样景还在,少衣无食,时时须俺帮他。今日无事,且到邻村一看,顺便沽饮三杯。行来行去臭皮袋,莫道人生有底忙。(做出寺锁门科。下)(旦儿上。诗云)一窗残日鹧鸪啼,小院春花取次稀。神女生涯虽是梦,可堪无食又无衣。自家什样景,自从丈夫亡化过了,多亏陈师兄帮忙,衣衾棺椁倒也齐备。又蒙他让出庙地一角,将俺丈夫埋葬了,不致暴露。只是

杂剧选

俺孤身一人，尚没归宿，来日茫茫，如何是了？且待师兄到来，商议一个长久之计方好。正是红颜自古多薄命，一任旁人说短长。（末上云）迤逦行来，早望见了赵家的门首了也。（唱）

〔普天乐〕嫩条生，清阴密，恰来到绿杨村外，早行过绿水桥西。那搭儿破壁中，颓垣内，在那茅檐下成过家计，是耐贫穷的一对儿夫妻。说什么双飞并栖，刚博得个饥来觅食，寒至也无衣。

（带云）来此已是赵家门首，不免径入。（做相见科。云）大嫂，我一径的来看你。（旦儿云）多谢师兄。（末唱）

〔十二月〕则见他颜黄褪粉，出语声低，云鬓慵整，弱不胜衣。早看不出旧时的娇颜嫩色，直折倒得绿暗红稀。

（旦儿云）师兄，我有句话儿敢说吗？（末云）有话请讲当面。（旦儿云）亡夫死去，多蒙费神，感不去心。只是妾身在此流落，终非长久之计。俺丈夫临死的时节，曾有几句言语嘱咐与您，您还记得吗？（末云）提那病人的谵语作么。大嫂，你只顾在此住着不妨，柴米我仍旧接济。待有便人回乡，与你作伴儿一同还家却不是好？（旦云）莫说山遥水远，一时归去不得，便是回到家乡，婆家娘家俱没有着近的人，那时怕寻不出第二个陈师兄来帮忙哩。（末云）如此你只顾住下去。（旦儿云）这须了不得我终身之事。（末云）我倒想起一条道路，能了得你的终身之事。（旦儿

云）你说来我听听咱。（末云）寻一个清净尼庵，我送你去出了家吧。（唱）

〔尧民歌〕则为你困饥寒典当了嫁时衣，却缘何余生犹自意痴迷。你剪青丝改换了旧容仪，披袈裟掩护了嫩香肌。琉也波璃，一灯明暗里，则那里面有波罗蜜。

（旦儿云）我一个唱戏的人家，修得什么佛法？陈师兄，我也有条道路，能了得我终身之事。（末云）你也说来我听听咱。（旦儿云）你留起头发来娶了我去吧。（末云）什么说话！（唱）

〔尾声〕你痴心着鬼迷，我瓜田不纳履。你这摩登迦女不会得阿难意，将一朵牡丹花强拉着葫芦配连理。

（带云）我回去也。（做出门科）（旦掩门在门后作意科。云）陈师兄，你从此休上我门，我情愿生生地饿死也。（哭下）（末云）这是那里说起，待我回寺去咱。且慢，远远望去，那旁一个村酒务儿，是我常去吃酒的地方，且去沽饮三杯。（做走进科。云）小二哥，打二百长钱酒来。（净扮小二上。云）来也，好酒，好酒，一半是水，若要醉倒，除非见鬼。陈师傅，少见，少见，酒有在这里了，今儿煮的好嫩鸡肥羊，您吃些儿吧。（末云）我向来只吃素酒，不动荤腥。（净云）听说近来吃肉。（末云）那个讲的？（净云）若不吃肉，为何常去看什样景？（下）（末云）这猢狲。（诗云）归自邻村日已曛，迷离幻梦记难

杂剧选

真。谁教小二耍贫嘴,却说老僧要吃荤。(下)

第三折

(正末僧装上。诗云)飞残柳絮净天涯,开老墙阴荠菜花。一动不如一静好,半天红日弄流霞。俺继缘自那日从邻村归来,静掩禅关,一意清修,日月如梭,可早端阳佳节了也。(唱)

〔**越调斗鹌鹑**〕偏着俺废寺枯僧,又过却端阳令节,恰看他喷火红榴,才几日酴醾似雪。待到这日落黄昏,依旧是门临旷野。双燕子,双蛱蝶,恰悠悠地树底飞来,早翩翩地花间去也。

(带云)禅房清坐,不觉又是黄昏。日间耘田去草,晚来正好一觉。则是一件,个月以来,夜间但一合眼,便看见什样景前来寻死觅活,且是一夜比着一夜闹得利害。俺想借此冤孽,正好炼魔,听远远地更鼓发动,且去佛前添了香换了水者。(唱)

〔**紫花儿序**〕刚听得远迢迢地初更打罢,早见那瘦生生的新月东升,碧澄澄的银汉西斜,俺去那佛殿中添香换水,休再要打草惊蛇。佛爷保佑俺今宵盹睡些。不作噩梦,不闹呓睁,不遇妖邪。

(作出到佛殿添香换水礼拜科。作重回上禅床打坐科。云)上得这禅床,且打坐片时,只是这心呵,往常一澄如水,

新来但是身体一闲便觉得纷如乱丝。从前在老和尚那里学来的，平时在禅床上悟得的，一毫用他不著，好不惭愧人也。（唱）

〔**金蕉叶**〕则觉得胸怀闷结，说不尽衷心怕怯。休道他禅床上洪炉片雪，愁似那纸窗外云山万叠。

（带云）这一会儿瞌睡上来，且躺一躺者。（做卧睡科。唱）

〔**调笑令**〕我待要睡些，光景儿又全别。双眼生缬，闭不住两睫。（旦儿艳妆上远立科）（末唱）见雾拥着红裳，似风动霜红叶。俺嗅甜香一似闻兰麝，他抹朱唇更兼着明玉颊，这一番越越地奇绝。

（旦儿行近科。云）师兄，多谢你平日费心照看了也。（末唱）

〔**鬼三台**〕他那里着疼热，生欢悦，情牵意惹，舞眉眼，弄妖邪。（旦儿作态科。云）你留起头发娶了我来吧。（末唱）甚的是你那冰清玉洁，拈红巾自将粉面遮。扭蛮腰更学柳样趄，像这等的惹草拈花，才叫做兵连祸结。

（末云）还不快些儿回去，在此胡缠作么？（旦儿袖出剪刀科。云）待我扎死你这杀人不死救人不活的贼秃驴者。

（做扎末科）（末云）哎呀，杀了人也。（旦儿闪下，末坐起定醒良久科。云）呀，（唱）

〔**圣药王**〕花影斜，月影斜，苍松嫩竹走龙蛇。人去也，梦去也,禅心佛力没干涉,暗暗地自伤嗟。

(内打五更末听科。云)天明了也,今夜的觉又不曾睡得,索性到邻村走走,看一个端的。试看斜日隙中尘,人间何处不纷纷。(做出寺锁门科。下)(旦儿上。诗云)卧看朝暾已上窗,起来对镜理晨妆。茫茫来日愁如海,拟托良媒亦自伤。俺什样景自从与陈师兄合口之后,他一月有余不曾再来,教我着实放心不下,后悔不迭,又不好前去看他,怎得个人儿通个信息儿才好。(末上。云)再到天台仍有路,碧桃落尽又重开。来此已是赵家门首,待我叩门咱。(作叩门科。旦儿猛惊科。云)是谁?(末云)大嫂,是我,我一径地来看你也。(旦儿暗喜科。云)家下无人,请回去吧。(末云)大嫂,不要作耍,请开了这门,让我进去,我有话与你讲。(旦儿不语科)(末云)你不开门,我又待回寺去也。(旦儿急起开门科。云)你也忒性急,我早已开了也。(末走进科。云)大嫂日来可好?(旦儿不语科)(末云)大嫂这里钱米不知目下可有富裕,倘若缺乏,回去之后当再亲自送来。(旦儿不语科)(末云)想是大嫂见怪,我且回去咱。(旦儿云)师兄且坐了,听我说。我且问你,你埋葬了我丈夫,又时常送钱米给我,不知为了什么?(末云)也并不为了什么,出家人慈悲为本,方便为门,一点衷心,自有佛菩萨证明。(旦儿云)师兄,你知道慈悲为本,方便为门,可还知道杀人见血,救人救彻吗?你如今害得我上不著天,下不落地,那里是你的慈悲方便?你出了钱米养活着我,让我来活受罪吗?昔日释迦牟尼,你不曾说来吗,在灵山修道的时节,割肉喂虎,剖肠饲鹰。师兄道行清高,难道学不得一星半点儿?如若不然,让我自己在这里冻杀饿杀,不干你事,从此后休来我面前打闪,搅得我魂梦不安。(作啜泣科)(末云)大嫂不必如此。赵乡兄弥留之际可曾说些什么来?(旦儿云)我不曾听得说些什么。(末云)大嫂,你只知道活不下去,那晓得我这些日子也正死不成哩。(唱)

〔秃厮儿〕你口口是杀人见血,我日日价见鬼招邪。(带云)什样景,你我听从了赵炭头的遗言吧。(旦儿做喜科。云)你这贼秃倒想得好。(末唱)你如今不须心似铁。生共枕,死同穴,双绝。

〔络丝娘〕你那里将禅门秽亵,我这里把袈裟弃舍。(旦儿云)我每也拜一拜儿咱。(末旦儿作交拜科)(末唱)誓海盟山向佛前说,这一年来的相思完结。

〔收尾〕向芸窗一瓣心香爇,鸾帐里将幽情细写。我打那生死关赋归欤,我奔那温柔乡去来也。

(诗云)却向天台拾落花,不图胡越竟一家。此心难与身为主,莫怨东风当自嗟。(末旦同携手下。)

楔子

（正末俗装领小末扶旦儿上。云）这岁月过得好快也。俺继缘自返初服，与什样景同居，眨眼二十年光景。且喜勤俭过日，几于白手成家。大嫂又为俺生下两个孩儿，男的叫做缘生，已经娶妻，女的叫做景生，也出阁了。这几日大嫂病得十分沉重，乡间又无甚高明的大夫，只是睁着眼儿看他一天弱似一天，好不烦恼。（旦儿云）大哥，我这病可是一听头，则听死不听活了也。（末云）大嫂，不要如此说，且自安心养病者。（旦儿云）你还望我好哩，这一会儿昏昏沉沉怕要不好。（末云）大嫂，你精细者。（旦儿唱）

〔仙吕赏花时〕则为你昼出耘瓜夜养蚕，休为俺忧伤将疾病耽，看了这弱女并娇男，劝你把情缘尽斩，休得要血泪湿青衫。

（带云）大哥，我去了也。（死下）（末云）兀的不痛杀俺也。（小末大哭科）（末云）小大哥，且休啼哭，你一哭我的心益发乱了，且到后面唤你的媳妇儿出来，看守你母亲的灵寝，再到东村唤取你的妹子来，我去到城里看棺木去也。（末小末分下）

第四折

（正末僧装上。诗云）白发如霜渐满头，重来古寺又经秋。

凉风一自天外起，清泪还从心底流。俺继缘二十年前因有一段世缘未了，返俗成家，这兴化寺便另由一位僧人住持。不想他吃喝嫖赌，将庙产花费得精光，真的只剩了破庙一座，那僧人却又不知向何方行脚挂褡去了。俺自年前丧了妻室，且喜度牒尚在，依旧来此出家。儿女每也曾再三阻拦，是俺执意不听，他每无奈俺何，只得由俺。好在他每孝心甚虔，每月柴米按时送来。俺每日除却一粥两饭，破衲遮身，此外无一不是多余。看着那金身暗淡，佛殿摧颓，也懒去募修，觉得那拜佛礼忏，打坐参禅，也大可废免，说甚修行忏悔，半点也不在俺的心上，只是要把那凄苦的滋味打磨俺的残生。正是不是艰难愁一死，要将凄苦炼余年。（唱）

〔双调新水令〕满枝结子绿成阴，煮黄粱虚空一枕。俺拼心余梦想，低首自沉吟。这冰冷的气息透腹钻心，不由俺急凛凛地打一个寒噤。

〔驻马听〕落叶空林，四野风来凉气侵。残蝉余荫，一天星暗月光沉。苍松翠竹自萧森，颓垣废寺依然恁。谁共饮这一杯残酒，可不道酸辛甚。

（带云）二十年来呵（唱）

〔搅筝琶〕记得他曾把秋兰纫，记得他纤手度金针，我把那淡绿醑斟，我去那芙蓉褥寝，同鸾帐，共鸳衾，到的这灯暗宵深，沉沉，天外的双星自照临，都是些月影也那花阴。

（带云）到春日呵（唱）

〔**沉醉东风**〕草长莺飞花似锦，小栏红药正抽簪。宝色明，奇香沁，为花好懒去登临，一架秋千出碧林，同戏耍不曾害碜。

（带云）到秋日呵（唱）

〔**步步娇**〕黄叶丹枫奢豪得恁，谁道是凄凉甚，黄似金，红似那唇朱一般深。记得酒同斟，佯醉也还装喏。

（带云）到今日呵（唱）

〔**乔牌儿**〕落花沾碎琴，黄叶不成荫，当年的戏言身后都成谶。沧海深，明月沉。

〔**殿前欢**〕怎追寻，岁时荏苒去駸駸，重来古寺愁难禁。山霭销沉，扶藜出远林，空撒唔，四体秋寒浸，若无个当日，争落得如今。

（小末扮缘生携妻，小旦扮景生携夫同上。云）俺每都看望爹爹去来。（作入寺见末科。云）爹爹可好，俺每一径地来看你也。（末云）我好，我好，你每又来此作么？（小末小旦同云）爹爹，庙中清苦，秋日凄凉，转眼穷冬，爹爹年纪高大，诸多不便，请暂回家下，待到明年春暖花开，再送您来此住持也还不迟。（末云）孩儿也，你每晓得什么？（唱）

〔**离亭宴煞**〕你夫妻每都是俺余枝荫，您身家都向他天公赁，俺没甚么禅心道心，您道俺卧薪尝胆贪图甚，俺渴来时有半碗儿凉浆饮，困来时把一块砖头儿枕，何尝是忘餐废寝。（带云）

这残年的酸苦呵（唱）吃得也自从咱，（带云）那人世的艰难呵，（唱）尝来也尽由您。

（小末小旦同云）既然爹爹执意在此，俺每暂时且自回去咱。（末云）你看天道不好，怕要下雨，你每还是作速回去为是。（小末携妻、小旦携夫同拜辞科，下。内作雨声科）（末云）这一伙小儿女煞是可怜人也。（内作雨声渐大科）（诗云）雨声滴滴在心头，不是寻常一点愁。叶落空林枝好在，残生触处似残秋。（下）

题目　继缘和尚自还俗
正名　垂老禅僧再出家

跋

洪迈《夷坚志》"野和尚"条，略谓襄阳南关寺僧姓野氏，寺前临江其北有人烟市井，僧尝渡北岸憩于张氏客邸，从其妻谈。一优伶携女子入邸僦室以居，僧见之心颇动。未几，厥优病，僧每日必到彼为治粥药，因与女接杯酒之欢。既而优死，又捐钱殡瘗。女感其德，遂陪之款昵，僧犹未快意，蓄发出外，娶之为妻，连岁产三男，生计益尽。凡十余年，妻病亡，复用故牒披剃，三子以次继为僧，徙居南漳双池寺云云。余今夏读此书，曾书其后曰：此条绝妙杂剧材料，暇当试为之。顾日日劳役，无从下笔。今冬身虽少暇而心较闲，既补完

《飞将军》剧，乃续写此本。每晚食后稍摒挡琐事，即据案填词，往往至午夜，凡五日而毕，本事亦不尽依据《夷坚志》，其剪裁排比，较《飞将军》剧似稍紧凑，亦以《飞将军》过为《汉书》所限制耳。元人谱《王粲登楼》何尝根据《三国志》耶！至用韵则第一折用"皆""来"，第二折用"齐""微"，而"齐"多于"微"，第三折用"车""遮"，第四折用"侵""寻"，楔子用"监""咸"，较《飞将军》剧亦谨严。非故意钻入牛角中，亦以习作须先为其难而已。二十五年初冬苦水自识于旧都东城之夜漫漫斋。

祝英台身化蝶

第一折

（正旦男妆上云）妾身姓祝，小字英台，年长一十七岁，听俺奶姆讲过，俺娘指腹为婚，将俺许与梁山伯为妻。不幸娘亲早年亡过，俺父亲见那梁生落魄，大有悔婚之意，这也不在话下。俺父亲因为膝下无儿，从小儿将俺打扮成男子模样，少有人知道俺是个女孩儿的。他将俺送入家塾念书，偏许那梁生前来附学，朝夕相见，心里不上不下的，好难为人。所幸梁生为人憨厚老成，又自幼父母双亡，丝毫也不晓得指腹为婚之事。今日清早起来梳裹已毕，又该入塾上书，迤逦行来，看了这满院春色，好没意思也呵。（唱）

〔**正宫端正好**〕梦迷离，心惆怅，菱花下恰理罢晨妆。俏身躯改扮作男儿样，谁看出水月观音相。

〔**滚绣球**〕我恰才见东山销淡雾，已早是日影临琐窗，一声声趁墟人卖花深巷，一对对粉蝶儿飞过东墙。看他每共采香，自成双，浑不羡暖波春涨，那一些戏水鸳鸯。则今日东风拂拂飘金缕，记前宵细雨霏霏湿海棠，满院的春光。

〔倘秀才〕到处是莺飞草长,到处是游船画舫。住在这山乡和水乡,看半空中云意懒,燕飞忙,听四山里流泉幽响。

(作进塾科。云)呀,今日早了,不独梁生未来,师傅也还不曾到哩。(正末扮细酸上。云)小生姓梁名山伯,今日早起到祝家塾中上书去也。(作进塾科。云)呀,祝家兄长早在里面坐地哩。(作施礼科。云)祝兄,拜揖。(旦作还礼科。唱)

〔滚绣球〕他向着我身一躬,我看了他心着慌,衡一派老成模样,煞强如礼乐文章。不是装,不是谎,他不会形骸放浪,自衷心里恭俭温良。低低一语情何限,脉脉无言意转长。(带云)梁兄弟,你这梁,(唱)则是那架海的金梁。

(末云)兄长取笑我哩。师傅常说你是水精心肝,我的心肝则是泥作的。(旦作笑科。唱)

〔倘秀才〕你正是胡言乱讲,甚的是你那神清气爽,我共你兄弟真如列雁行,通世理,有文章,一般的风流倜傥。

(冲末扮塾师上。云)你每两个今日来得早也。好,好,今日是课日,也不索作诗作文了,我出个七言对儿你每对吧。风吹马尾千条线,祝英台,你对将下句来。(旦云)日照龙鳞万点金。(冲末作点头赞叹科。云)冲口而出毫不思索,且又字字工稳,真有造之才,前途未可限量也。梁山伯你对来。(末作窘急对不出科。冲末作怒发拍戒尺科。云)对不来我是要打的。(末作怕抖科。冲末作要打科。旦作劝科。云）师傅且慢著打，让他好好地一想。〔冲末云〕也罢，你且想一想咱。（末作想科。云）师傅，我对，我对，雨打……（冲末云）好，好，接下去。（末云）雨打羊毛一片毡。（冲末笑云）平仄不倒，也亏你想，只是太丧气了些儿，姑且免打，你每都回去吧，昨日的书且等到下午再回，我去后面与老员外著棋去也。（下）（旦云）兄弟，那厌物走了，咱每也到园里玩耍咱。（末云）我的书还不曾念熟哩。（旦云）你去不去？不去我又恼了也。（末云）我去，我去。（旦末作同行进园中科。旦云）兄弟，你见么，（唱）

〔叨叨令〕赤炎炎满园似火春葩放，飘悠悠一天如雾杨花荡，碧粼粼赤阑桥下清波涨，则觉得懒慵慵弱躯羞把秋千上。试问你省得也么哥，试问你省得也么哥，好着我思依依，攀枝无语心惆怅。

（旦云）兄弟，你可晓得春愁？（末云）春天正好耍哩，有甚愁？（旦作叹气科。云）嗳，你是不晓得也。（唱）

〔三煞〕你全不闻桃花深处黄莺唱，你浑不觉芳草初生绿满塘。也须见那空里游丝无风自起，那花底新蜂到处寻芳。兄弟也，你懂得周公制礼孔圣删诗和那左氏文章，偏你不懂花枝上连理，虫蚁儿自成双。

（末云）说得什么？我不懂，我肚饥了，辞了兄长回家吃饭去也。（下。旦云）我这愁何日是了也。（唱）

杂剧选

〔**黄钟尾**〕将一天愁都挂在我这眉尖儿上,真教人悔把双眉斗画长。我意热,他意凉,他意懒,我意忙,我心知,他迷惘。满腹言,对谁讲,吃那饭,着甚慌,敢饥火,烧肚肠,餐鱼白,进熊掌,咽金波,饮玉浆。我则见日当天,柳拂墙,我不信这艳阳天,恁般地寂寞凄凉,则听得四山里啼鹃一片声价响。(下)

第二折

(正旦男妆上。云)妾身祝英台。一年以来,父亲为俺年长,不令入塾读书,将俺闭置深闺,托病不见外客。日前梁生要进京应举,到舍辞行,父亲假托俺病,不许相见。闻知梁生今日启程,是俺背了父亲,带了院公,备了果酒,去河神庙与他饯行,已著人通知过梁生了。院公,(冲末扮院公上。云)小姐。(旦云)带了酒果随我河神庙去者。出门仍旧称我作相公,记下了?(冲末云)晓得。(旦云)想俺这心事那梁生何日才得明白也。(唱)

〔**商调集贤宾**〕则俺这幽忧闷怀,也不自今日始,好著俺感叹也更嗟咨。看了这形容乖悖,争得不身命参差。过的是奈何天里混沌朝夕,揣着那闷胡卢里哑吧心事。子为这人心隔一纸,直落得日日也伤心日。三年来闻声空觅影,对面儿害相思。
〔**逍遥乐**〕春心春思,总是伤春,年年似此,尽憔悴了脸上胭脂。我为甚闷坐花间懒赋诗,也子为心间事,写来时如何的是。知儿番泪珠纷落，湿透了花笺，淹坏了这新词。

〔金菊香〕纱窗共读忆年时，窗外千条垂柳丝，梁间一双新燕子，人相伴，嘻笑孜孜，他没乱，我情痴。（下）

（正末携书童挑行李上。云）俺梁山伯与祝家兄长一年不见，着实想念，目前为要进京应举，也曾亲往辞行，满想借此稍叙契阔，不意祝兄病体未痊，不得相见，好不闷损。昨日祝兄差人告语，言道于俺今日启程之际，在河神庙备酒相饯，想是他带了病挣挫了出来，盛意可感。书童喒，且去河神庙中领了祝相公饯酒，即下船者。正是：自古人生多聚散，可知尘世足悲欢。（同下。正旦男妆携冲末挑果盒上。云）早来到这河边了也，院公，前面那庙是甚么庙？（冲末云）那就是河神庙。（旦云）引路进庙去者。（作同进庙科。旦云）原来梁家兄弟还不曾到哩，我且各处随喜一会儿咱。（作见壁画细看科。云）呀，这壁画上的洛神是画得好也。（唱）

〔醋葫芦〕无姓名，老画师，他向那雕墙峻宇上费神思。画得来罗袜生尘凌蕙芷，和著那荷衣风致，恰相称波平浪远日斜时。

〔金菊香〕看了佗行行又止意迟迟，真个是离合神光娇不知，明珠步摇兼玉珥，侍女每杂间著妍媸，簇霓旌翠羽一枝枝。

（书童上。云）老院公，俺家相公来了也。（冲末作报覆科。旦云）快请。（冲末作声请科。正末上作入庙相见科。旦云）兄弟此番进京应举，愚兄备得水酒一杯，一祝沿途平安,再祝名标金榜。(末云)吾兄带病出来,为小弟祖饯,五内铭感,非可言宣。(冲末作斟酒科。旦作敬酒科。云)兄弟满饮此杯。(唱)

〔醋葫芦〕子为你七步才五字诗,子为你十年窗下的好文辞,准备着直上青云折桂枝,直待到凌烟阁上高标着名氏,那时节方显得是男儿。

(末云)谅兄弟何足道哉,兄长饱学大才,倘若前去呵,普天下举子当俱在下风。(旦云)则俺那有那福分也。(唱)

〔幺篇〕薄命人,蒲柳姿,说甚么笔花散作五色丝,说甚么十三经,廿四史,难言心事,可怜无计告君知。

(旦作哽咽科。末作劝科。旦唱)

〔幺篇〕就樽前赋不成诗半章,去河干空折来柳一枝,看了这滔滔流水去如斯,则怕你船到江心补漏迟。自古道河清难俟,怕你归来后空向画图中寻觅旧丰姿。

(末云)兄长何出此言,还应多多保重为是。小弟去不多时便回来看望兄长也。(旦作重送酒科。唱)

〔幺篇〕说不得两句言,重送过酒一卮,分离纵是有归时,犹恐怕云雨荒台生梦思。你待要补天回日,你好好地向荒山里修一座女贞祠。

(末作打悲科。云)兄长之言,小弟愚鲁,不能尽悉。但兄长千金之躯,久病初愈,况且野外风劲,不宜过悲,使

弟疚心。弟别后如遇便人,当时时与兄长捎书寄信来也。(旦唱)

〔么篇〕你有那绝妙才,不世资,你怎不迷离扑朔辨雄雌。你空有那织锦回文书一纸,枉道是在心为志,我也不希罕你那八韵五言诗。

(冲末云)启禀二位相公,适间船家言道,吉时到了,就请梁相公下船者。(旦唱)

〔梧叶儿〕离愁涌,清泪滋,听流水,正澌澌,别船舣,分袂时,在今兹,抵多少魂劳梦使。

(云)兄弟干了这一杯酒,就请下船者。(作送酒科。末作接干科。云)多谢兄长,请兄长先回去。(旦云)请兄弟先下船。(末云)就此别过了兄长。(作拜辞科。旦云)此别不知可有重逢之日?(末云)兄长休得烦恼,多多保重,兄弟下船去也。(作同出庙科。末作重揖旦科。旦作打悲科。末作掩面携书童挑行李下船科。云)早知兄长如此伤心,俺不去应举也罢。(旦作不语科。末作在船头祗揖科。作开船科下。旦作无语目送科。冲末云)梁相公去远了,天色不早,请相公回去也。(旦作叹气科。唱)

〔高平随调煞〕则俺这泪痕洗尽淡燕支,浑懒去抬身动趾,怎的撑揸,无计堪施,空著俺抹泪揉眵。他那里唤长兄,代替了呼仁姊,他似浑金无汗渍,似美玉少瑕疵,一味诚实,满腹书诗,不会相思。(带云)他是不晓得也,倘晓得了呵,(唱)

杂剧选

敢也为了相思憔悴死。俺看了这汤汤地水自流，看了这悠悠地船自驶，看了这山外夕阳冉冉地下空祠。不是俺滂沱涕泗，立河干敢化作了一块望夫石。（同冲末下。）

楔子

（正末病容扶书童上。云）俺梁山伯好命苦也。半载以前进京应举，指望一榜及第，不料名落孙山，已是百无聊赖。在京的时节曾遇见一位父执，他道俺与祝员外的女儿自幼指腹为婚，俺道那祝老则有个儿子名唤英台，那得个女儿来？那父执笑道：那祝老则有个女儿，那有个儿子来？俺听了一发胡涂。他却说道，那祝英台是个女扮男妆。俺才恍然大悟，想起平时书斋共读的情形，及那日河边送别的言语，那祝英台确是向俺表示好意，因此急急地赶回家来，满想功名虽然无分，姻缘或者可成。又不想那祝老于俺进京的时节，已将英台许与马秀才为妻。我又闻说，日前河神庙为俺饯行，英台原是背了他父亲出来的。事后祝老闻知十分气恼，将英台约束得更加严紧，不许出闺门一步，因此连一面也不能见了。忧思闷怀，丧气糟心，纷至沓来，我这肚子里如何装得下，就恹恹地病倒了，服药不愈，日渐沉重，则怕这病是不会好的了也。（唱）

〔仙吕赏花时〕亲事功名俱不谐，日暮途穷一秀才。卧病小书斋,想起那旧时恩爱,不觉得泪盈腮。

〔么篇〕更那堪长日悠悠理闷怀,结在心头解不开,不见你个祝英台,看了这眼前的黄昏暮霭,自觉是化鹤了却归来。

(末作昏厥科。童云)相公看子细,不要在外面久坐了,且回到卧室里歇一歇去。咳,相公,我看你亲事功名两俱糟,病床上干瘦坏了沈郎要,则不如珍重留得青山在,终有日这一头不著那一头著。(作扶正末科。下)

第三折

(正旦女妆上。云)妾身祝英台,自从梁生应举去了之后,俺那不体人情不明大义的父亲,将俺竟自许与一个马秀才为妻。日前闻得奶姆言道,那梁生打京中落第归来,一病不起,门衰祚薄,身后好不萧条。但不知他可曾晓得俺是个女身,又不知他可曾晓得指腹为婚的旧案?不晓得呵也倒罢了,倘若晓得了呵,则那梁生直将相思带进坟墓中去也。(唱)

〔大石调六国朝〕则为你一时孤愤,半世清贫,黄卷伴青镫,凄凉成瘦损,不作个龙门鲤日耀金鳞,倒作了堕疏篱朝开的这木槿,不作个佳姻眷吹箫公子,倒作了困饥寒落魄王孙。到如今,人不见,水空流,玉常埋,星自陨。

〔喜秋风〕你可记得喒碧纱窗双磨鬓,可晓得我碧桃花意先肯,可记得喒竟文赌赋夸英俊,可晓得我这峨冠博带是个红裙。

〔归塞北〕不晓得呵,无过是黄泉下犹自闷昏昏,若晓得呵,纵使你化蝶兼化鹤,假饶你为雨更为云,浑难作夜台春。

(内作雁声科。旦云)兀那雁儿,你每飞过去就罢,没谁拦您,您叫怎的?(唱)

〔雁过南楼〕碧梧叶,响萧萧,纷飘栏楯,鸿雁声,叫哀哀,不忍听闻。您又不曾带寒霜离了群,您又不曾卧平沙眠未稳,您也会背青云翱翔千仞,您也会映清霄横空自列行,您也会逆金风展翼排成阵,是怎生偏叫碎俺愁人方寸。

〔归塞北〕似俺这深闺里犹自不堪闻,他那里争耐得午夜寒霜凝古树,三更野火走青磷,明月上孤坟。

(云)俺越思想越伤感,此刻夜静更深,婢媪俱已沉沉睡去,待俺爇香奠茶祭奠俺那梁家兄弟咱。(作焚香奠茶科。唱)

〔六国朝〕也没甚屏开翡翠,酒泛金樽,堪怜你魂魄走青枫,遥祭你风霜雕玉笋。不是俺背面无情义,翻着红裙,则怨他庭训讲诗书亲爷忒狠,我这里对孤灯清茶奠酒招吟魂,黄串烟焚。兄弟也,你那里敢可也云驾降中天,英灵来内阃。

(作饮泣科。唱)

〔蒙童儿犯〕空怨哀簌簌地泪陨,空伤感暗暗地声吞,当日个古寺情殷,当日个木兰舟稳。假若是携手同船过远津,怕甚么六亲同笑哂,倒博得个两下里情证了本。

(旦作伏案盹睡科。正末上。旦作瞥见惊喜科。云)呀,梁家兄弟来了。兄弟,俺想得你好苦也。(末云)姐姐,我一径地来看你。(旦作欢喜科。云)兄弟,你把这称呼改换得有意思也。(作趋前科。末云)姐姐,且不要近前,我这阴气敌不住你那阳气,你且那旁坐了,听我说咱。(旦作意会退坐打悲科。云)兄弟,你原来不在这人世了也。(末云)姐姐,请不要悲苦,且听兄弟说。姐姐素常待我的好心,我自恨胡涂,终成孤负,如今我的墓上生了一株红花,是从墓中我的心上生出来的,你将来嫁到马家的时节,一定路过北山下,我那墓边那花儿定是好好地开在那里,你摘下来戴了吧。姐姐,你记住那花儿须是你自己摘,别人摘不下来的。姐姐,我去也。(闪下。旦作梦醒科,作打悲科。云)这梦忒煞短也。(唱)

〔归塞北〕疏帘外一片月如银,竹影珊珊摇玉砌,秋花淡淡散清芬,敢是未归魂。

〔催花乐〕他比著生前行动更温文,却抱殷情,自传芳信。他道是墓上的红葩心作了根,他着我折来高戴上云鬟垂鬓唇。

(云)则是兄弟的意思好难猜也。(唱)

〔归塞北〕残梦杳,语语记全真,则你那心上的嫣红绝世好,正宜作闺中的清供十分春,怎著我插戴了向别人。

(云)梦境虽然难详,宁可信其有,且留此身,到那时看个分晓,再作道理者。(唱)

〔雁过南楼煞〕有谁知凄凉闷损,有谁同愁苦酸辛,无语镫前

空思忖,将身世暗加怜悯,薄命的一双人,则这愁恨绵绵向几时尽。(泣下)

第四折

(净披红骑马上。诗云)腹中无才并非傻,家里有钱也不假,喜杀俺也那里花轿人抬人,俊杀俺也这里雕鞍马骑马。俺马秀才多蒙祝老青眼,将他的女儿英台许俺为妻,那祝英台才色俱全,自不必说,日前众窗友还取笑俺道,那祝英台心目中则有个梁山伯,那瞧得上俺老马。谁想今早亲迎,他却顺顺当当地上了花轿,抬出了祝府。如今行至半路途中,再过片时便至俺家,怕那煮熟了的肥鸭飞上天去不成。抬轿的,你每休要那等慢腾腾地,快快地到家,多多地有赏哩。正是:时来春梦好,心急马行迟。(正旦靓妆,杂扮轿夫,旦儿扮梅香簇拥上。云)俺祝英台揣著满怀心事,上了马家的娶亲花轿,有谁晓得也呵,(唱)

〔**双调新水令**〕整云鬟哭上了七香车,一任他旱莲腮粉脂狼藉。觑了那娶亲的村样范,抬轿的醉乜斜,恨杀人不知时务的亲爷,他待要俺作一番花照锦堂月。

(云)梅香,你问一声儿,咱来到什么地方了?(旦儿作转问科。杂云)来到长河岸边了也。(旦儿作报覆科。旦唱)

〔沉醉东风〕行至在平原旷野,看依然水涌山叠,还记得古岸边河神社,一杯酒相对愁绝。两岸的垂杨将泪眼遮,望不见的画舸悠悠去也。

〔搅筝琶〕不是俺夸贞烈,不是俺空感叹,自伤嗟。那马秀才梦想着暖日薰风,俺祝英台早已是花残月缺。卖弄他有钱物,自咋嗻,显豁出豪奢奸邪,那知俺钗股儿支楞楞地两下里折,则待与梁兄弟死则同穴。

〔银汉浮槎〕俺著那厮画堂空,打叠着那厮佳礼成虚设,著那厮锦幛罗帷醒睡些,著那厮白茫茫浪深鱼不饵,湿渌渌水中捞月。

（云）梅香,你再问一声儿咱,如今来到什么地方了?（旦儿作转问科。杂云）来到北山下了也。（旦儿作报覆科。旦作意科。云）梅香,你去看那旷野中人家坟园里可有一朵红花么?（旦儿作应科,作走去望见砌末科。云）小姐,远远望去看不真切,那边人家墓顶上赤艳艳的像是一朵红花儿哩。（旦作吃惊科。唱）

〔甜水令〕似这般三九严冬,寒云凝雾,坚冰铺野,林木也尽摧折,则那一朵红葩,朝阳吐艳,临风摇曳,除是俺那显神灵的兄弟英杰。

（带云）梅香,你去告诉那马秀才,将那朵花儿与我折下来者。（旦儿作转告科。净云）你家小姐好没算计,到得我家里,我有的是花儿朵儿与他插戴,要那野花儿作么?亦且是人家坟茔里的,不干净,不要他也罢。梅香,你告

杂剧选

诉他,还是赶紧家去,不要误了吉时,要紧,要紧!(旦儿作报覆科。旦云)梅香,你告诉他,他若不折那花儿来呵,休想我到他家去。(旦儿作转告科。净云)没看见不曾拜堂的妻子便向丈夫施家法。路途之中我若与他合口呵,且不说伤了和气,教那抬轿的看了也不雅相,也罢,你去告诉那新娘子,这次权且依他,下次不可。我去折花去也。(作下马走进坟园科,作折砌末不下转回科。云)梅香,告诉新娘子,那花儿折不下来,不要也罢,有甚么要紧。(旦儿作转告科。旦云)待我下轿自折。(净作急科。云)那有新娘子半路里下轿的道理?不行,不行!(旦出剪刀示净科。云)不许我下轿呵,我宁死不到你家。(净作慌科。云)许,许,许,这次权且依你,下次不可。(旦作下轿科。净云)人言不虚,是生得好也,在这雪地之中配了这艳妆,煞是受看,若不许他下轿,那得饱此眼福,值得过,值得过。(旦作走进坟园科。唱)

〔折桂令〕我行过了漠漠的荒阡和这荒辙,我来到了寂寂坟园,(作认科拜科。唱)我拜罢了这小小碑碣,看了这枯草离离,古木森森,和那败叶儿些些。则那花呵开放的赤艳艳,红得来似血,我近前去颤巍巍亲手儿轻挦,(作折下砌末科。唱)他滴溜溜自心底里折也,(作簪花科。唱)俺战钦钦向鬓畔儿簪者。

(带云)兄弟,梦境应验了也,你再显些儿灵圣,与那无徒看者。(作墓暴响裂开科。净作惊倒科。云)谎杀俺了

也。(旦唱)

〔离亭宴带歇指煞〕呀，俺则见疏剌剌地狂风一阵飘枯叶，骨都都地黄尘四起飞残雪，浑一似呼通通地山崩地裂，还说甚冉冉地夕照影萧寒，漠漠地天边云黯澹，涓涓地山水流呜咽。则你那里苦哀哀地百年怨恨长，俺这里冷森森地三九风霜冽，禁不住扑簌簌地腮边泪泻。只道你瑟瑟地青星堕碧霄，沉沉地黄壤瘗白玉，茫茫地苍海沉明月，从此便迢迢千秋无好春，悠悠万古如长夜，却原来皇皇地英灵未绝。马秀才，你寂寂地锦帐且归休，梁山伯，咱双双地黄泉去来也。

(旦作跃入坟内科下。净作急跳坟合不入科。云)这孤堆敢认生哩，(诗云)从盘古开天辟地到如今，没见过活人跳进死人坟。你看我一个儿作死还作怪，不教他两人为雨更为云。(作碰死科下。旦儿云)好命苦的小姐也。抬轿的，你且去回覆马家，俺自去告诉俺老员外去也。(诗云)埋怨你祝员外老而无才，直把个亲女儿送入坟台。马秀才天来大一桩喜事，又被你害得他成了苦孩。(同下。双黄蝶翩翩并飞上，一白蝶追上绕场下。)

题目　碧窗下喜共读
　　　绿水边愁送别
正名　梁山伯墓生花
　　　祝英台身化蝶

跋

词调有名"祝英台近"者,或谓祝英台是六朝时女子也,元无名氏《风雨像生货郎旦》剧第四折"九转货郎儿"曲之"一转",有"也不唱梁山伯,也不唱祝英台"之语,度祝英台与梁山伯之恋爱故事在元时流传当甚普遍。《录鬼簿》及《正音谱》所著录元白仁甫有《祝英台死嫁梁山伯》剧,今佚不传,惟故事尚传说于民间,不似"苏卿双渐"之已渐不为人所知。余幼时在故乡曾见乡土戏所谓秧歌腔者,爨演此事,顾以丑饰梁山伯,殊无所取义也。吾国人多所避忌,故不喜悲剧,《窦娥冤》及《海神庙》至明而俱改为当场团圆之传奇,其事迹乃能流传至今耳。今余作此,虽是悲剧,顾本事亦不尽合传说,第三折尤为乘兴信笔,则以我自写我剧故。至故事之搜集与保存,正有待于当代之格林矣。二十五年冬日苦水自识于旧京东城之夜漫漫斋。

陟山观海游春记

自序

吾何时生心欲取《聊斋志异·连琐》一传谱为杂剧，今兹都已不复记省，但决在杂剧三种脱稿之后耳。至其开始著笔，则为卅一年一月间。时当寒假，较为暇豫，无事妨吾构思按谱也。及下卷第三折写讫，牵于课事，又腰背作楚益甚，遂不复能赓续。每值寒暑两假期中，辄思写毕，了此夙愿。思致枯窘，精力疲惫，援笔而中止者，三载于兹矣。今岁寒假，期间较之往岁为长，病躯畏寒，怯于外出，斗室坐卧，殊无聊赖，乃谱完末折，于是俨然上下二本之杂剧矣。顾尚无楔子及科白，又以十日之力补足之，删改之，涂乙至不辨认。又以十日之力，手抄一过，则今之《游春记》是也。初意拟为悲剧，剧名即为《秋坟唱》，既迟迟未能卒业，暇时以此意告知友人，或谓然，或谓不然。询谋既未能佥同，私意亦游移不定。今岁始决以团圆收场，《游春》之名于以确立。

王静安先生《宋元戏曲考》谓："明以后传奇，无非喜剧，而元则有悲剧在其中。"吾向于文艺，亦重悲剧，时谓举世所称剧圣如莎士比亚者，其所为悲剧，动人之深且长，亦在其喜剧之上。若夫明人，固无悲剧，然亦乌有所谓喜剧者哉！当谓之"团圆剧"始得耳。吾平时说曲，常目为堕人志气、坏人心术者也。又以深恶痛绝此团圆故，遂波及于喜剧，今乃知其不然也。明人之于剧曲，殆不知足而为屦而又为蒉者乎？夏虫固不可以语冰。其为团圆剧无足取，即使其为悲剧，亦讵能有合哉？善夫吾师尹默先生之论曲也，其言曰："诗余小技况词余，道义从来不关渠。尝得人间真意味，始知此外更无书。"明代士夫其以道学自居，圣贤自命，鄙填词为玩物者，或力追风雅，迹拟盛唐，目戏曲为小道者，吾无讥焉。若其肆力词章，从事剧曲者，率皆庸凡、肤浅、狂妄、鄙悖。是以志存乎富贵利达者，其辞鄙；心系乎男女风情者，其辞淫；意萦乎祸福报应者，其辞腐。下焉者为牛鬼，为蛇神，为科诨，为笑乐，其辞泛滥而无归，下流而不返。要之尚不识人间二字，遑论其意味，又乌有所谓真？惟其无真，故无性情，无见识无思想，驯至啼笑皆伪，顶踵俱俗；遂至亦无所谓同情，无所谓严肃，无所谓诚实。以是而填词，而曰可以抒情可以风世，可以移风而易俗，亦大言不惭而已矣，其孰能信之？夫五味不能有辛而无甘，人生亦不能有失败而无成功。戏剧所以刻划人生，亦岂能有分离而无团圆？明人团圆剧之无足取，非团圆剧本体之过，乃明人不知所以为团圆剧之过，亦即其根本不知所以为剧之过。故吾曰其为团圆剧无足取，即使为悲剧仍无当也。

或问明人之剧，既如子言矣，若夫元人之剧则诚何如？应曰：昔者静安先生固尝拈"自然"两字以评元剧矣，今试进而申论之。王先生之所谓自然，以吾观之，天真而已，幼稚而已。夫元之于曲，号称极盛，殆亦如唐之于诗，宋之于词，上至王公将相，下至贩夫走卒，鲜不好之者也。顾所有作者，亦意识未晰，思力不锐。其高者，尚能以自然之眼观物，自然之舌言情，卓然于前代诗词之外，自有所建树。要亦只成其为天真，而乏高明博厚之致。下焉者，其体虽新，其神则旧，其所写之生活，所用之技术，无一不囿于旧日之传统。其事则利禄功名，悲欢离合，因果报应；其词则风云月露，花柳莺燕，诗酒牢愁。甚至举旧诗词之尘羹，之土饭，之蔗渣，之腐鼠，亦反复咀嚼之，若有余味焉。一何其幼稚之至于斯也！间有游心物外，敝履尘寰之作，自视为清高，或许以超脱。要亦不过漱释道之余唾，拾仙佛之牙慧；而又杂糅以儒家乐天安命之陈言。其清高与超脱也者，亦适成为混沌、颠顶、偷生、游手、无所事事已耳。既已无当于生，亦复何名为人矣乎？王先生所谓之自然，殆亦指其少数中之少数，而非可以概其全也。

又吾向日上堂，尝说悲剧中人物性格，可分二种：其一为命运所转；又其一则与命运相搏。后者乃真有当于近代悲剧之义。即以元剧论之，若《梧桐雨》，若《汉宫秋》，世所共认为悲剧也。顾明皇与元帝，皆被动而非主动，乃为命运所转，而非与之相搏。若《赵氏孤儿》剧中之程婴与公孙杵臼，庶几乎似之。然统观全剧，结之以大报仇，则又何也？虽然，即不

杂剧选

如是，吾犹疑之。夫人至舍其生而杀其身，此固天下之至悲，然且未可概视为与命运相搏也。吾于此更有说焉。凡夫有生之伦，或劳其心，或劳其力，孳孳穷年而弗能自已者，凡谋所以遂其生而已矣。此固不独于人为尔，人特其最著而最胜焉者耳。遇有阻难，思有以通之；遇有魔障，思有以排之。斯又生物皆然，人特其最灵而最力焉者耳。通之而阻难且加剧焉，排之而魔障且益炽焉，于是乎以死继之，迄不肯苟安偷生，委曲求全。斯则为人所独能而独烈者矣。窃意必如是焉，乃成乎悲剧之醇乎醇者矣。然其死固将以求生也，非求死也。乃所以为己也，非为人也。莎氏诸作，若《韩穆莱特》，若《利耳王》，其显例已。至若以一死以图事之必济，幸济，或或济焉，则似与是有殊，而非可以并论斋观，虽然，捐躯救人，舍身济世，又人类之所以为物灵也，吾讵敢菲薄之？特其意义与吾前所云云者，稍异其趣，是则不可以不辩。证之古希腊，则爱斯迄拉斯氏所作《被系絷之普拉美修斯》一剧，其雄伟庄严，只千古而无对，而壮烈之外，加之以仁至义尽，真如静安先生所云，"有释迦、基督担荷人类罪恶之意"。悲之一字，竟不足以尽之，即吾所立悲剧人物性格二种，亦不足以名之，而尤非元明作家所能望其项背者矣。

或又曰子以近代思想责之古人，是犹讥孔圣以不知电汽，一何其不恕欤？又应曰唯，然，否否。心灵与物质有别，物质可以时代限，而心灵则不尔。莎士比亚且无论，彼爱斯迄拉斯之生世，亦当吾国周朝敬王、元王间，不更早于元人耶？

或又问子之雌黄古人既如是，今之为此《游春记》也，其自视也则又何如？则应之曰：人既有此生，则思所以遂之，遂之之方多端，而最要者曰力。其表现之于戏剧也，亦曰表现此力则已耳。其在作家，又惟心力、体力精湛充实，始能表现之。悲剧、喜剧，初无二致。而吾疾病丛生，身心俱惫。每有所作，或中道而废，或竭蹶终篇，未尝不再三致叹于魏文帝"体弱不足起文"之言。对于前贤，虽诚少许可，若其佳篇伟制，亦惟有高山仰止，景行行止，虽不能至，然心向往之。吾之为是记也，策驽骀以奔驰千里，驱疲卒以转战大漠，若之何其能有济？事倍而功不半焉。世之君子，读吾曲者，幸能谅之。夫吾于古人，无所假借，而犹冀他人之见谅，子矛子盾，诚难为说。且掺觚之士，出其述作，与世相见，而曰君子谅之，是又如鬻矛、盾者之自谓其矛、盾之不锐、不坚也，奚其可？虽然，有见吾《祝英台》剧而致疑于吾之拥护旧礼教者矣。是记一出，其将有谓吾为迷恋旧骸骨者乎？吾若之何而能不有冀于原迹明心之君子也哉！是为序。时维民国卅四年二月十一日，则旧甲申之除夕也。

陟山观海游春记 卷上

楔子

（正末细酸扮携净书僮上。诗云：）一抱残编百事乖，起居坐卧小书斋。自家经世无长技，惭愧旁人称秀才。小生杨于畏，东海人氏。自幼读书，身列黉门。也曾乡试两次，争奈时数限人，至今年已及冠，依然青衫一领。又兼骨肉单寒，门庭寥落。孑然一身，上无父母，下无妻子，尚喜祖遗薄产，不至冻馁。想俺这秀才家，眼观圣经贤传，志则在妻室功名。俺如今这两般儿俱无著落。想那书呵，读了固然无味，不读也是无聊。挂著一个秀才的幌子，也只得交代这个场面。现下时交夏令，天气炎热，亦且城市尘嚣，有妨举业。昨日已将家事分付得力苍头，今日且带了抱琴这僮儿，收拾琴剑书箱，到云台山中过夏去者。（唱）

〔**仙吕赏花时**〕满院榴花照眼开，一架藤阴罩碧苔，薰风阵阵自南来。叵耐他大城中韶华易改，因此上甘寂寞，守山斋。

（云）抱琴随俺到山斋去者。（下。净挑砌末随下）

第一折

（正末上，诗云：）送罢斜阳更向西，四山落木雁声稀。人生到此知何似，风雨萧萧夜晦迷。俺杨于畏自到山斋，不觉夏令已过，高秋忽临，起初罗衾未冷，白袷生凉，倒也觉得灯火可亲，典册有味。如今风中叶落，露下虫鸣，无端觉得心绪如潮，情怀似水。一到得日暮黄昏，一发摆布不下。正是宋玉有文悲落木，陶潜无酒对黄花。（唱）

〔**仙吕点绛唇**〕斜日沉西，空庭闲闭。愁无际。黄叶凄凄，又是悲风起。

〔**混江龙**〕漫道是秋高天霁，晚来只剩乱鸦啼。淡烟笼罩，衰草低迷。任岁月难留如逝水，摧残不尽是生机。看了这山围水绕，月皎星稀。则平生有多少相思意，相伴着花开花落，春去春归。

〔云〕倚阑无绪，下阶闲步一番，多少是好。（唱）

〔**油葫芦**〕独下闲阶步履迟，凉似水，耐西风还著旧秋衣。想春归总有个春来日，算百年枉作那千年计。顾眼前，看脚底，短青春打熬得成憔悴，我一回价想起一伤悲。

（云）古人道，醉可遣愁。俺看来呵，（唱）

〔**天下乐**〕沉醉流霞酒一杯，摧颓，浑似泥。待醒来旧愁还自起。瘦身躯萍样飘，弱心灵花也似飞，又一番压青山黯黯红日低。

（云）酒呵！著俺如何信得及你也。古人也道，开卷有益，俺想来呵，（唱）

〔醉扶归〕刺股的枉费刀创剂，悬梁的空吊损老头皮。短语长言燥不得脾。饶万卷胸中记，为这些别人家闲是非，看兵书，倒流下担心泪。

（云）工部当年亦曾吟诗自怡，俺看来呵，（唱）

〔金盏儿〕守枯寂，耐孤恓。对寒窗，整理这愁肠胃，向空林古寺边觅诗题。大古来寒猿啼古木，孤鸟叫斜晖。有心怜落蕊，无计惜芳菲。

（云）行来行去，依旧百无是处，俺且归去来。（正旦鬼门内作吟诗科。云）元夜凄风却倒吹，流萤惹草复沾帏。（末听了作惊讶科。云）想俺这山斋，坐落村外，四无居邻。当此繁星渐满，新月西斜，这吟诗之声，从何而来，而且又是女子声调，煞是疑惑人也呵。（唱）

〔一半儿〕晴空云敛月斜西，旷野声哀风漫吹，夜静更深人过稀。甚跷蹊，好著俺一半儿惊惶一半儿疑。

（云）我试再听咱。（作侧耳倾听科。旦鬼门内作反覆吟前诗科。末云）怪哉怪哉！此声胡为乎来？（唱）

〔金盏儿〕浑一似下前池露珠儿滴，长一声，短一声，草根篱畔寒螀泣。浑一似响金风，高一阵，低一阵，哀咽暮蝉嘶。浑一似绕阶鸣败叶，叫月子规啼。料想他未吟肠已断，好著俺一听泪沾衣。

（末作轻嗽科。云）待俺登在太湖石上一望者。（作上石远望四顾科。云）呀！（唱）

〔赚煞尾〕月明低，山光翠，漫郊原，虫声四起。一派荒寒寒澈底，望不尽荒冢累累。夜何其，探树杪参旗。耿耿银河天四垂，凄凉无比，心肝俱碎。更那堪青空一片夜霜飞。

（云）声音已杳，影像全无，煞是奇怪。俺杨于畏十年读书，虽然道不得善养浩然之气，也颇颇不信怪力乱神之说。试看无数荒冢，四无行人，难道方才吟诗的，真个是鬼不成。（作沉吟科。云）既能吟此妙句，纵然是鬼何妨。（净上云）相公，夜消儿得了，可要吃些？（末不语科，作下太湖石科，作负手摇头科下。净云）不得！不得！相公著魔了也。想这世上，一男一女，互相爱悦，不能勾到在一处，你想我，我也想你，这个则叫作相思，若是我想你，你不想我；或是你想我，我不想你，想的却依旧只管去想，这个则叫作单思。像俺相公这些时来，眠食不香，坐立不稳，却又根本无人可想，只好叫作空思。比起相思和单思来，更觉可怜而且无赖。俺抱琴跟了相公几年，肚里也颇有些曲头曲尾，不免作一只南小令，取笑他一番，（唱）

〔南仙吕傍妆台〕谁不爱相思，害不成相思，也去害单思。（带云）俺相公呵（唱）甚的是看月愁云掩，那里也听雨爱眠迟。常见他涕湿鹅溪纸，泪染龙蛇字。凄凉思，憔悴死。（带云）你道似个甚的？似一个（唱）蜜蜂儿寻香不见抱空枝。（下）

第二折

(正末上,诗云)春带愁来仍是春,佳花如绣草如茵。风风雨雨愁无限,一自秋来愁杀人。俺杨于畏。际兹秋令,独处空斋,听雨听风,无憀无赖。本当搬回城中,想来左右只俺一人;亦且山中住久,懒于行动,故而因循不果。更兼昨夜墙外吟诗之声,钩起心中好奇之念,待说见鬼,却又无影无形;待说耳鸣,却又有章有句。以此决意暂住此间,等个水落石出,今日看看天色渐晚,那吟诗的敢待出来也。(唱)

〔**正宫端正好**〕天宇敛浮云,凉气添秋韵,疏林响,落叶纷纷。雁南飞恁觑得天涯近,又排列人人阵。

〔**滚绣球**〕玉炉内,香倦焚。纱窗下,灯又昏。不信是闲愁闲闷,甚心情出世超群。待吟他两句诗,待诵他几卷文。烟海似无穷无尽,没乱杀子曰诗云。烟花到处难为主,风月谁家可作邻,枉费精神。

(云)事不关心,关心者乱,只那昨夜吟诗的声音,好教俺念念难忘也。(唱)

〔**倘秀才**〕是前日呵,霜风渐紧。昨夜呵,黄华瘦损。疑怪他月淡星明正夜分,两句诗,是何人,吟得来凄凉断魂。

(云)你看,更深月上,鸡犬无声,俺且登在太湖石上伫望者。(唱)

〔**滚绣球**〕俺这里青山为四邻，绿树隔近村。送金风，凉生栏楯；灿霜华，玉宇无尘。则这粉墙外，乱鸦栖渐稳，茂林看欲昏。眼巴巴系紫方寸，意攘攘焦急如焚。不将愁思托明月，只办虔诚告天神，好着俺含意难伸。

（云）是怎生泥牛入海，全无消息也呵（唱）

〔**倘秀才**〕射两眸，霜风越狠；望形影，情怀愈紧。几番价灰心拟转身。（正旦魂上，绕场作徐行科。末作惊喜科。唱）蓦亲见水月影，洛波神。我不由得重新站稳。

（云）惭愧，惭愧，俺杨于畏一片至诚，直感动得水月观音下界，洛川神女临凡也。（唱）

〔**上小楼**〕则见他身轻步稳，粉融脂晕。恰便是一朵娇花，一缕行云，一片香尘。意态真，骨肉匀。月光托衬，直压倒洛川风韵。

〔**么篇**〕不须兰麝薰，亚赛过花月痕。则见他暗蹙娥眉，慢掩红巾，轻启朱唇。（旦作曼声吟诗科。云）元夜凄风却倒吹，流萤惹草复沾帏。（末作侧耳倾听科了。唱）则他那句意儿又新，怨恨又谆。字字如盘珠圆润，敢横扫千人笔阵。

〔**十二月**〕可怜他腰肢瘦损，肺腑难申。空剩下一身的窈窕，融解作四野氤氲。则他那无边的怨苦，直引起半世的酸辛。

（旦作反覆吟前两句科。末作倾听科了。唱）

〔**尧民歌**〕霜华蟾彩两难分，短韵新诗动听闻。幽思缕缕静无尘，清泪斑斑欲沾巾。销魂，销魂。有心怜玉人，无计传芳讯。

杂剧选

（云）听他反覆吟此两句，好像尚未成篇。待俺与他续成一首绝句咱。（作高吟科。云）剧怜翠袖单寒甚，露冷风高月堕时。（旦听了作吃惊科，闪下。末作目送望不见科，良久科。唱）

〔耍孩儿〕风高霜重相帮衬，更一带青山隐隐。曲终人杳觅湘君。早优昙花，变化烟云。分明神女巫山意，不是襄王幻梦身。浑难认，粉花般宝靥，蔓草样罗裙。

〔三煞〕你归去得忒急，俺看来也未真。此时此际情难尽，半空白月依林堕，数点青星指夜分。唯余恨，争教他翩翩翠袖，相追逐闪烁青磷。

〔二煞〕堪怜你诗自吟，声暗吞。霜华露脚粘云鬓，月亏月满浑如梦，花谢花开不当春。谁偢问？如花常好，似月无痕。

〔一煞〕你诗句好，我情意真，却缘何才通消息急逃遁？看了这栖鸦满树明寒草。（内作鸟鸣科。末唱）猛听得怪鸟一声更怖人。怎安排愁和闷，料应他冰肌玉骨，全忘却人世温存。

〔煞尾〕飞霜白似银，明月低渐隐，倩何人寄与个青鸾信，甚今宵翠被香篝能睡得稳。

（云）虽然相见了，知他相会更在何时，这相思索是害也。

（诗云）不须疑假更疑真，一见伊人梦亦亲。莫惜清才多是鬼，要知诚意可通神。（作下石屡屡回顾科。搔首下。）

（净急上云）俺道相公有甚勾当，夜夜来此太湖石上站立，今夜俺特意伏在那边墙头上，留心侦察，却元来他和墙外一个小娘儿一递一句和诗哩！咳，有趣，有趣。但据俺看来，深更半夜，旷野荒郊，那得有个小娘儿每来？就算他搜奇好胜，觅句寻诗，也不至于出现在此时此地。俺相公镇日胡思乱想，如今招引得邪魔外祟来也。不过说是这等说，那小娘儿也著实有些教人放不下处，俺此刻又有小曲儿唱哩。（唱）

〔**南正宫玉芙蓉**〕模胡看未真，隐约难亲近。那来的冤鬼，何处的游魂？俺相公合有相思分，怪不得太湖石边直出神。胡思忖，千真万真，那小娘儿真是个俏佳人。

（云）待俺也登在太湖石上一望者，倘若那小娘儿还在那里吟诗，抱琴腹中也有些诗云子曰，天地玄黄，也便与他续将一个下句者。（作上太湖石遥望科。内作鸡鸣，净作惊倒跌下科。云）哎哟！（正末鬼门内作唤科。云）抱琴打茶来。（净云）来也，来也。哎哟！哎哟！（跛下）

第三折

（正末上，诗云）人生比梦不多长，莫把人生比梦乡。一段风流谁识得？千秋唯有楚襄王。俺自昨夜和那人隔墙吟诗归来，一夕未曾入睡，今日起来，更觉诸事俱懒，且到斋外闲步一番，多少是好。正是未栖海上三珠树，又到人间落叶时。（唱）

〔**双调新水令**〕初阳一抹上纱窗，试重思、夜来惆怅。不由俺卧绳床,衷心里浮幻想。似卢生眠村舍,一枕梦黄粱。到今朝,绕遍回廊,只剩有山相向。

（云）行到这郊外,满目秋光,伊人不见,一弄儿助人愁也呵。（唱）

〔沉醉东风〕调乱绪,厌厌半响;望美人,渺渺何方?碧落宽,黄泉旷,纵然教神魂飘荡,似列子乘风上大荒。浑难觅,娇姿艳妆。

（云）相传张骞当年,乘槎直犯斗牛,曾和织女会谈。据俺看来,只恐未必。（唱）

〔落梅风〕张博望,敢是谎,说浮槎到九霄天上,共神仙曾有那一番馊话讲。这开销,八成儿虚账。

（云）信步行来,这一带衰草霜林,荒坟断冢,依稀记得昨夜伊人吟诗,正在此处出现。如今白日东升,朝霞初散,是怎的全无些儿影响也呵!（唱）

〔乔牌儿〕相思惟自当,好梦剩虚妄。青天白日人间象。待重寻昨夜香。

〔川拨棹〕情暗伤,他争知人见访?俺则见风冷云黄,水远山长,树映着朝阳,叶带着余霜,起伏着陀冈,上下着牛羊。我耐无聊,徘徊半响。则夜来的吟诗,真个也,梦想?

〔七弟兄〕这厢,那厢,一带草枯黄。看来满目生悲怆。阳光下,尚兀自不耐这荒凉,怎伊人风霜里,星月下,闲游荡?

〔梅花酒〕好著俺不断肠也清泪汪汪。仰看苍苍,四顾茫茫。

往古来今，试问有多少恨？短生涯，不过三万六千场。头直上，不住响，墓门旁，树白杨。尽遥望，鸟飞翔。看蒹葭，正苍苍。人不在水中央。（云）且住，前面荆棘蔓草之中，看去花花绿绿的，不知是何事物。（作走近检起细看科。云）呀！（唱）是怎生闪辉煌偏有这绣香囊？

〔**收江南**〕则这绣香囊上刺着紫鸳鸯。相偎相傍自双双。下工夫，飞针走线一行行。我奇擎了在掌，尚兀自临风不住的散馨香。

（云）看此囊款式雅丽，刺绣工整，定是伊人亲手制作，靠身携带。想是昨夜匆匆归去，遗落此间，俺且携回珍藏。即使从此再不能睹面，有此念心，花朝月夕，雨枕风窗，大可快慰生平。便是黄壤幽泉，冥土长夜，精神也有寄托矣。（内作风起科。香囊化灰飘散科。末作惊惶失望科。云）呀！（唱）

〔**鸳鸯煞**〕是虚空粉碎了风流相，是罡风扫荡了相思障。浑不许梦想眠思，伤感凄惶。似刘阮采药天台，重归故壤，一霎时，转变真实成虚妄。俺这里独立苍茫。（净慌上云）相公快快请回，张，王，李，赵四位相公，已经来到书斋，坐候着会讲哩！（末作叵耐科。云）哏。（唱）听不见吟诗了，会得甚么讲。（下）

（净作目送下场科。云）哏。（唱）

〔**南双调锁南枝**〕闲游玩，懒会讲。书篇儿怕开，工课荒。心挂着凤鸾交，念只在红罗帐。可怜风流种，少个妩媚娘。见了一个鬼魂儿,搔不得内心痒。

〔前腔换头〕相思丑模样,单思好自当。若说秀才心事,俺纵冷眼旁观,算不得胡涂帐。(草中蹿出兔儿科。净作惊倒爬起科。唱)只著他野兔儿,吓得我慌上慌,一跟头,似翻掌。

(云)没来由的兔儿,直謔得我五体著地,此刻心里还是突突乱跳,倘若真有个阿物儿出来,可不謔死俺么?梁园虽好,不是久留之地,趁早离开,还是让俺相公前来找乐子的为是。(诗云)神仙自有神仙作,抱琴如今不妄想。人人鼻头向下垂,树树树枝朝上长。(下)

第四折

〔正旦魂上,诗云〕一天风露下前汀,啼尽栖鸦不见萤。幽恨漫随流水去,愁眉长锁四山青。俺连锁陇西人氏,二十年前,随父宦游,经过此地,不幸夭折,埋骨荒郊,从此无主孤魂,长羁异域,每到夜深出游,相伴着狐鸣鸦噪,磷走萤飞,煞是凄凉人也呵。(唱)

〔越调斗鹌鹑〕幽绪难排,芳魂暗警。好月佳花,霜浓露冷。春去秋来,香销梦醒。水自流,山自青。一任他月映着脂光,风吹动鬓影。

〔紫花儿序〕一夜夜清眸炯炯,绣履轻轻,翠袖盈盈。行来荒野,立尽残更。无情。有情呵,幽闭在泉台下待怎生?抵多少天边雁影,水际萤飞,露下虫鸣。

〔天净沙〕荒郊里悄悄冥冥,无人处去去行行。恰便是飘蓬断梗。夜深人定,惯孤单,忘记了前生。

(云)寻思生前,真同一梦也。(唱)

〔小桃红〕耶娘将俺来好看承;姊妹呵相钦敬。绣倦幽闺事吟咏。逗娉婷,似一枝枝出水菡萏陵荷柄。香肩并倚,花颜交映,受用足世间情。

〔金蕉叶〕俺辨不得前生是模胡的梦境,而今是迷离的幻影?难道是前世一团儿幻情,到今日还不曾梦醒?

(云)哎!旧话也不消说了,只是日前中元节令,偶得新诗一联,苦思未能成篇。每到夜深出游,不觉信口吟诵。谁想那斋中书生,竟为续上,不但辞句清新谐美,亦且颇有见怜之意,敢是一位知音也说不定,因此直将俺一条冰肠熨热。此际夜静更深,俺一径到前面斋中,与他会谈者。正是:谁言野草烧得尽,试看春风吹又生。(唱)

〔调笑令〕月明,澹云横。想昨夜三更那后生,立荒园不管霜风劲。把新诗霎时酬定,则他那聪明更兼心志诚,热肠儿敢解冻融冰。

〔秃厮儿〕将俺这二十年酣梦唤醒,是兀那一联儿诗句吟成。十四字滚珠般令人实爱听。一字字,一声声,真诚。

〔圣药王〕因此上,不待请,不待迎,我情愿幽斋同伴短檠镫。我搴得这裙带儿轻,撒得这脚步儿灵,似依依高柳坠流萤,抵多少天风吹下步虚声。(下)

杂剧选

（正末上，诗云）孤镫尽意向人明，幽恨难禁伴月生。莫道生涯浑是梦，从来天地最无情。俺日间拾得香囊既被风吹化，形影不见；今夜立在太湖石上等候，又不料伊人音响全无，好没奈何也。（作对镫坐了饮酒读书科。云）书呵，今宵少不得又借你遣闷；酒呵，我此际又少不得借你浇愁也。（旦上，云）来此已是杨生书斋，我立在窗外试觑咱。（作窥窗科。唱）

〔麻郎儿〕喦喦瘦影，琅琅书声，我这里衷心自省，他敢是有志功名。

（云）却怎生又酒到杯干也？（唱）

〔幺篇〕四更，夜镫，正青，甚独自走犎飞觥，是耐不得寒生画屏，是怕看衾闲枕剩。

（云）待俺进去与他相见者。（作踌躇科。唱）

〔络丝娘〕站窗前，来回顾影。立斯须，云鬟漫整。把不定娇羞怯面生，欲进还停。

（作进室内俯首低声科。云）杨相公索是勤读也。（末作吃惊释卷了，细认科，作醒悟了，祗揖科。云）旷野风霜，多承玉趾下降荒斋也。（旦唱）

〔东原乐〕则见他出不意，似著惊，却又早话语温柔施恭敬，气宇开张意度清。近前来，厮偎并，却又早笑向脸边生。

（末云）小生有何福分，致蒙天仙下顾也。（旦唱）

〔绵搭絮〕是你那一联诗句，半夜吟声，招致得廿年魂魄，孤冢幽灵，飘飘渺渺，袅袅婷婷，飞来小院，相伴青灯。你认作九天上神仙下玉京，七夕会牵牛织女星。你看了俺这有影无形，甚的是画堂中春自生？

（末云）敢问姐姐芳名仙乡。（旦唱）

〔幺篇〕卖弄著小聪明，显现著忒多情。盘问小名，怜卿爱卿，对着个夜台人询乡井。你便要立华表铭旌，何处觅汉行宫，秦故陵？

（云）儿家陇西人，小字连琐。（末云）小生谨记，不敢有忘，只是今夜驾临，不知有何见教。（旦云）只为你呵，（唱）

〔拙鲁速〕坐幽窗，奈凄清；住尘寰，奈飘零。雨潇潇夜鸣，烛摇摇弄青。你将我似一幅美人图手中擎，待到你虚飘飘醉魂醒，则你那空洞洞不自主的心灵，敢爇起红炉火半星。

（末云）昨夜隔墙唱和，恍惚如梦；今夕灯前对坐，方觉落实。此刻听姐姐说来，俺又陷落梦中去也。（旦唱）

〔幺篇〕谁知你梦才醒，梦初成？可怜你梦难凭，醒不能。一室悬磬，两叶浮萍。旧时孤零，今夜凄清，甚的是幽情佳兴，花底吹笙，月下调筝？大古来梦南柯，少四星。

（末云）月落镫昏，姐姐告了安置罢。（旦云）休得缠障，我去也。（唱）

〔收尾〕远村近郭鸡相应，映窗纸昏黄月影。留不住共枕结缠绵，且自去单衾耐凄冷。

杂剧选

（旦闪下）（末急追，四顾不见了，作伫立叹气科。云）咳！俺只道至诚格天，谁道依然水中捞月。想来不见呵，固然如梦；见了呵，依旧似影。这相思好难捱也。（诗云）如烟如雾最难凭，人在瑶台第几层？常拟将心托明月，可知有分伴孤灯。（叹息下）（净欠伸上，云）俺抱琴睡至半夜醒来，听得相公斋中唧唧哝哝，只道他午夜读书，谁想是有女如玉。是俺伏在后窗一看，正是和相公唱和的那个女鬼。俺道两好相遇，有甚花样翻新，不道虽是一见如故，却又相敬如宾。那鬼魂儿叽叽咕咕的唱了几只北曲，俺倒有大半不懂。只见他灯光之下，嫩皮白肉，长眉细眼，着俺实在舍不得不看，因此直在窗外立了半夜。此刻那女鬼归墓，相公上床，俺也乏上困来，且去耳房中板榻上睡一睡者。哎！只是今夜甚睡魔到得俺眼里也。（作欲下科。内云）忘了你的小曲儿了也。（净作醒悟科。云）有，有，有。（唱）

〔**南越调浪淘沙**〕君瑞戏莺莺，天下风行，西湖阴配更多情，纵使婵娟成怨鬼，也是心疼。

〔**前腔**〕一对假惺惺，半夜三更，长言短语好中听，听去虽然听不懂，听到天明。

〔云〕曲子唱过，下场诗也交了卷罢。〔诗云〕俺相公忒没正经，对孤鬼也去谈情。罚了俺一宿直立，（作直立不动良久科。内作鸡鸣科。净云）又听得邻舍鸡鸣。好了好了，这才该下去睡早觉去也。（呵欠下）

陟山观海游春记 卷下

楔子

（正末上，诗云）诗人漫说思无邪，巫峡阳台愿太奢。花好不期遭雨妒，月明常苦被云遮。说也无从说起。昨日张、王、李、赵四位学友，又到斋中会讲，其中有一位在俺的箱箧中一阵乱翻，忽然发现几页诗稿，他便问俺是何人笔墨，俺顺口说是近作。他偏又心细，说道，篇末署名连琐，明明是女人名字，其中定有蹊跷。他每四人便一齐包围，再三盘诘。是俺一时大意，千不合，万不合，竟将连娘与俺近日过往情踪，合盘托出。满想他每便可满意而去，又不料他每竟向俺要求，要会连娘一面，俺想连娘见这班颓人作甚，于是严词拒绝。他每竟声言倘若不能如愿以偿，便盘距在斋中不去，昨夕整整搅了一夜。此刻出斋散步去了，我推辞头疼，不曾陪伴，看看天色将晚，他每敢待归来也。正是不如意事常八九，可与人言无二三。（作闷坐科。杂扮张、王、李、赵四秀才上，云）俺每走得乏了。老杨取酒来，与俺每软脚。（末作叵耐科。云）抱琴与四位相公打酒。（净抱酒瓶上，云）鬼不比人丑，人还较鬼邪。酒有在这里了。(作与杂斟酒科了。杂作轰饮科。云)难道著相公每吃寡酒,抱琴,你且去弄些按酒来。(净应下。内作起更科。正旦魂上,绕场闪下。张云)门外人影儿一晃,敢是那话儿么?且去搜来。(杂同起,追旦下。末云)这是那里说起。(杂同上,云)一阵好赶,有趣有趣。(末作恶发科。云)你等四人,这般啰唣,是何道理?(王云)大家要一要。(末云)却不道朋友妻不可欺。(李云)朋友妾当得灭。(赵云)靴子可好割么?(末作拍案科。云)一派胡说,你每枉读诗书,不明道理。俺杨于畏从今日起,要与你每割席分坐,断绝友谊。快快与俺滚了出去。(赵云)将就些儿爬了出去罢。(末云)一派鸡鸣犬吠之声。(张云)嗐!我等与你同列胶庠,斯文一派。为了一个野鬼游魂,你竟破口大骂。难道我等四个,怕你一人不成?(净慌上,云)四位相公何必如此认真?(作低声科。云)俺家相公有甚利害?倒是那个女鬼倘若翻起脸来,相公每可吃得开么?(杂作相顾科。云,)倒也说得在理,我每还是趁着月色,作速回去的为妙。(俱下。末云)抱琴关好大门者。(净应下。末云)世上竟有如此无赖之辈。(作执卷对灯闷坐科。旦上,唱)

〔**仙吕端正好**〕惊得俺漫吁嗟,吓得俺难宁贴,走得俺张口结舌。得脱身似落下龙天赦,尚兀自气喘喉咙噎。

(作进斋内科。云)杨于畏,你好下得也。

（末惊起抛书，连连祗揖科。云）这都不干小生之事，俱怨他每无赖呵。（旦唱）

〔么篇〕穷酸饿醋天生劣，专一地打草惊蛇。你不合对他人将肺腑都宣泄。无分晓，太痴呆，衷肠事，闲饶舌。从今后都休者，休承望再来也，将旧梦好付与窗前月。

（云）我去也。（末牵衣作跪科。云）姐姐，你好不原谅人也。（作啜泣科。旦笑云）我逗你耍哩！起来。（末起立了作祗揖科。云）谢了姐姐。（旦云）以后不许你与这等无赖子往来。（末云）俺早已声言与他每绝交了也。（旦云）相公，非是连琐性乔，只为弱质虽经风霜，未见天日。倘若机事不密，必致飞短流长。如有意外，妾身何惜？还恐有累相公耳。（末云）金石之言，小生服膺不忘。（旦云）今夕意兴欠佳，且待明宵再与你清谈。（闪下）（末作沉吟科。云）听得一声去复去，知他明夜来不来。（徐步下）

第一折

（正末上，诗云）愁似陈根未易除，春风何日到吾庐。幽斋独伴寒灯坐，漫说三余好读书。俺自住山斋，倏忽又到深冬，所幸连娘时相过从，颇不寂寞。今夜漫天风雪，不知可能前来相伴，正是虽有伊人知索寞，也须孤馆耐荒寒。（作把卷闷坐科）（正旦魂上，诗云）撒盐飞絮影模

胡，谁信寒威裂玉肤。常爱义山诗句好，不辞风雪为阳乌。迤逦行来，好大雪也呵。（唱）

〔**黄钟醉花阴**〕扯絮捹绵半空舞，一霎儿填坑漫谷。山起伏，路平铺。独自行来，甚的是凌波步？似有更如无，风里雪中云半缕。

（云）来此已是书斋，我试觑咱。（作窥窗科）（末作长吁科。云）不知连娘今夜可能来也。（旦唱）

〔**喜迁莺**〕我窗前凝伫，整云鬟，小立斯须。（末作再吁科。旦唱）长吁。满怀愁绪。那里也锦绣才郎读夜书？盼得他眼欲枯。都只为人一去，山遥水远，直著他形虽在，意淡神虚。

（云）相公，俺连琐来也。（末抛书起立相迎科。旦唱）

〔**出队子**〕我低声相唤，他悠然魂乍甦。也不索满身花影倩人扶，行近前来欢笑语，满面生春意气殊。

（末云）今夜风吼郊原，雪迷津渡，姐姐索是辛苦也。（旦唱）

〔**刮地风**〕俺耐得清寒受得苦，踏过平芜。你道是一天风雪迷津渡，雁影萧疏。只为你意气相孚，魂梦相逐。因此上云裳莲步，冰肌玉骨，腰慢舒，袖轻拂，早来到旧时门户。翩翩著绣罗裙六幅，更说甚满地江湖。

（末云）姐姐且靠近炉边坐了，一壁向火，一壁谈心者。（旦唱）

〔**四门子**〕灯前细把幽怀诉。火熊熊爇地炉。则你那一团心火燃烧处，直焚焦精瘦躯。（末云）姐姐每逢一夜不来呵，俺便直吃得烂醉如泥。（旦云）却是为何？（末云）也只图得个醉了忘却愁也。（旦云）你这傻角。（唱）滟玉杯，泛绿醑。一任教雪敲夜窗明画烛，酒醒来，还似初，这凄凉衡由自取。

（末云）今夜俺陪姐姐吃一杯。（旦云）我不来呵，你吃酒犹可。如今来了，你又吃那酒作甚？（唱）

〔古水仙子〕你甚新生？甚故吾？左不过高阳旧酒徒，你将俺尽意儿看承，倾心儿供养，又何必烂醉花前红袖扶，听啼鸟，沽酒提壶？俺问你心神更教谁作主。只幽窗相对无言处，不强如死抱定酒胡芦？

（末云）相对无言，俺且参不惯那哑禅。姐姐陪俺著棋咱。
（旦云）罢了你的棋者。（唱）

〔寨儿令〕堪笑你痴愚，胡涂，枯木禅，尽下工夫。可记得当年烂柯山下主。棋局敛，赋归与，浑忘却来时路。

（末云）姐姐今夜越发令人难于亲近。（旦云）你还要怎的亲近？（末云）俺只愿莲台一洒杨枝露，法雨常施玉净瓶者。（作假傍科。旦云）站远些。（唱）

〔神仗儿〕俺这里孤鸾自舞，小姑独处，甚的是雨过巫山，风生洛浦？谁似你荒庭半亩，无人伴读，空阶延伫。见一对粉蝶儿意踌躇，叹春光何日到吾庐。

（云）没想到你每秀才，读了一监之书，却只记得一句男子生而愿为之有室。（末云）姐姐错会意了，俺也只是将

姐姐似好花，圆月，明珠，宝玉一般看待。观之不足，爱之有余。道不得一个人情所不能已者，圣人弗禁哩！（旦云）住口！（唱）

〔节节高〕你道是好花圆月，至心倾慕，明珠宝玉，十分爱护。（带云）你也索珍惜节省者。（唱）则你那意气豪，心肠硬，胆量粗。直待要挥金似土。

（末云）当年刘晨阮肇曾到天台，以今观之，定是虚语也。

（旦云）你这夏虫，也来语冰。（唱）

〔挂金索〕珍重多情，休得把多情误。未到天台，莫错认天台路。瓶供佳花，能几日相看顾？香蒸龙涎，早一阵随风去。

〔尾声〕行雨行云漫相忤，闷雷打君意何如，只一句话不投机成间阻。

（闪下。末作痴立科。诗云）误入天台事有无，几回相见且欢娱。生涯如梦人先老，天地无情眼欲枯。（摇首下）

（净上，云）这灯虎儿好难打也。（唱）

〔南黄钟降黄龙〕画也难摹，那个游魂一团轻絮。说也堪怜，这位书生半瓶酸醋，孤独。相亲相近，也并非无缘无故。几番家更深聚首，合成夫妇。

〔前腔换颈〕叽咕，者也之乎，秋水长天，落霞孤鹜，年青青的饿虎，吃不著甜头，好难摆布，胡涂，一双两好，把长宵尽成孤负。试寻思，这佳人揣着别样儿肠肚。

（诗云）好一双痴男怨女，可算得不识时务，几回见几度

成空，谁晓得是何缘故。哎！这都不干我事。听了半夜，困得俺上眼皮打着下眼皮，且去睡咱。（摇首下）

第二折

（正末上，诗云）往来暮暮更朝朝，心似寒江上下潮。几日平原堆积雪，又看垂柳袅长条。俺杨于畏自去岁到此过夏，未曾入城。于今不觉时移节换，冬去春来。夜间连娘时到斋中清话，倒也破除许多愁烦。惟是他性情古做，令人难测。虽然不见得笑比河清，却实实地守身如玉。但凡小生言语稍有唐突，便要遭他呵斥一番，怒发而去，往往半月二十天不来。凭你怎样馨香祝祷，他却给你个胙蠁全无。更不许俺酗酒致醉，卧病牢愁。一不小心，偶然犯了，任你醉杀病杀，他只道你咎由自取，更无一辞慰藉。俺杨于畏终朝每日竭力打熬，更不敢一丝放松。旁人只道俺相与了一个腻友，如花解语，比玉生香。那知俺却聘请了一位严师，只可远观，不可亵玩。这都不在话下。看今宵天宇无尘，花梢有月，连娘定是前来也。正是何须孤琴候萝径，从来鼓瑟有湘灵。（正旦魂上，诗云）落花如锦草如袍，三尺孤坟月正高。幽绪满怀蚕作茧，生机一片水生涛。俺连琐自经与杨郎过从，忽已半载，比来春光明媚，自觉生意盎然，且待今宵与他会道，再作道理咱。（唱）

〔**商调集贤宾**〕挂天西一丸凉月小，良夜正迢遥。闪烁烁窗摇烛影,颤巍巍风动花梢。幽径里满地红残,小园中一半香消。有情人自怜怀抱好,叹无多月夕花朝。你试看圆荷浮小叶,垂柳袅长条。

〔逍遥乐〕更和著山家篱落,一片生机茸茸细草,难画难描,比风花别样妖娆,一点点流光露暗抛,一团团珠围翠绕。抵多少高台芳树,艳紫姹红,燕咤莺娇。

(末作吟诗科。云)二十四桥明月夜,玉人何处教吹箫。

(旦作进斋中科了。云)吟得好诗也。(末起立迎科。)

(旦唱)

〔金菊香〕你道是玉人何处教吹箫,空回首烟波廿四桥。天涯望来途路杳。则此际银烛高烧,谁与你伴寂寥?

(末云)姐姐一时不在俺面前呵,俺便只想吃酒。(旦云)又是你的酒。(唱)

〔醋胡芦〕你意气刚,年纪小。你有烦愁,有悲恨,有牢骚。你块垒填胸仗酒浇,更深人悄,没奈何被冷共香销。

(末云)你若一夜不来,俺便魂梦不安,睡眠不稳。

(旦唱)

〔么篇〕你睡不牢,心似烧。卧绳床,浑似泛波涛。无主的心魂落叶飘。尚不是中年怀抱,怎做得将军携镜泣霜毛。

(末云)姐姐不道风晨雨夕,十分无憀哩!(旦唱)

〔么篇〕你奈不得风儿又飐,雨儿又浇。你奈不得银河如水夜迢迢。你怕见春来又恨春归早。梦魂颠倒,见垂杨便认作小蛮腰。

（末云）可不道花开花落，触目惊心。（旦唱）

〔么篇〕你愁花开放得迟，你愁花零落得早。你愁看迟迟残日下花梢。见一对蝴蝶儿花间粉翅飘，见一个蜜蜂儿花心里稳抱，早湿青衫扑簌簌泪珠儿抛。

（末云）俺这半载愁苦，姐姐总是不肯见谅。（旦云）则你那一点愁苦，到得那里也。（唱）

〔梧叶儿〕争知俺鸡初叫，乌乱号，独自耐长宵。风起寒波绉，月明枝影摇，云淡碧天高；二十年凄凉未了。

（末云）姐姐却不道不见可欲，其心不乱，这对面儿的相思好难害也。（作下泪科。云）相公不须烦恼，俺逗你耍哩！（唱）

〔后庭花〕告檀奴心慢焦，这相思有下梢。蚕老丝难尽，心生骨未销。只今宵试同把菱花相照。（作拉末同对镜科。唱）俺呵，比年时还自娇。你心血如甘露浇，我幽灵似润旱苗。抵多少月溶溶映碧桃，雨泠泠沾翠筱。

（云）你且坐了，我有话讲。（末云）小生敬听。（旦云）俺和你半载往来，时近烟火，当此大地春满，白骨顿有生意。（末云）姐姐若能回生，小生何惜一死。（旦云）痴话，你若死去，俺还活来作甚？如今诸事完备，只是尚欠一点。（作俯首不语科）（末云）姐姐快些讲。（旦云）只须一点生人鲜血，滴入脐中。（末云）我道是什么三山药，九转丹，或是挟太山，超北海，却元来这等容易而又现成。只是今夜便好施行么？（旦云）便是。（末云）如此姐姐坦腹卧床，待俺取剑割臂者。（旦云）相公小心了。（作解衣卧床上科）（末作取壁上挂剑抽出科）（旦唱）

〔柳叶儿〕冷飕飕剑锋离鞘，（末作刺臂科。旦唱）血淋淋点涴了春袍。则见他战钦钦体颤，喜孜孜笑。抵多少回生药，续弦胶，且向著脐珠内滴滴频浇。

（末滴血向旦了作收剑科）（旦束衣起床了作取帕束末臂科。云）著实辛苦了也。（唱）

〔双雁儿〕不枉你为相思瘦尽沈郎腰，半年添十岁老。如今有分开怀抱。望夫石，推个倒；相思债，一笔了。

〔高过浪来里〕你试看水涨春潮，花满柔条，绿遍蘅皋，湘娥飞降黄陵庙，云旗随雨落，翠羽逐风飘。再休说梦断魂劳，地窄天高。且耐今宵，待到来朝，魂返丹霄，骨续鸾胶，则记住白杨树枝头双翠鸟。

（云）明日相公率领人夫，携带锹镢，到俺坟上，待到正午，但看白杨树上，有翠鸟双鸣，即便动手开掘，妾身定可回生。切记，切记，迟早皆成耽误也。（末云）小生敢不一一牢记在心。（旦云）相公你可喜么？（末云）可知喜哩！（旦云）还不到你那喜处哩。待明日俺肉身与你相见了呵，（唱）

〔随调煞〕流霞杯酒欢，红战烛花笑，任窗前风雨两萧萧，鸳被暖香天未晓，青春年少，成就了碧桃花下凤鸾交。

（云）我去也。明日再会者。（闪下）（末作良久科。云）俺这半响好一似梦中也。（作揎袖看臂科了云）创痕作楚，绣帕血殷，定非是梦也。（诗云）带月荷锄汗未消，南山曾记豆生苗。谁知深夜明灯下，一朵心花仗血浇。（作感泣科。下）（净上，云）情知怪事年年有，不似今年怪事多，他每两位不但日亲日近，简直愈出愈奇了也。（唱）

〔**南商调山坡羊**〕则为那颤巍巍如花样的容貌，愁坏了瘦喦喦干相思的年少。急煎煎不易求的好逑，病恹恹不易过的昏和晓。真懊恼！离恨天正高。俺相公魂如落絮心如搅，都只为山样长眉柳样腰。（带云）那小娘儿呵，（唱）拿乔，娇滴滴忒放刁。（带云）俺的相公呵，（唱）糟糕，支楞楞刺一刀。

（云）俺相公居然刺臂滴血，想来也顾不得甚的叫作身体发肤，受之父母，不敢毁伤。只是明日还要开棺见尸，倘那小娘儿不能活转，按律岂不是斩罪。便是真个回生，像这般偷坟掘墓，罪过也不止于杖徒徒流。从来道色胆如天，信有之也。想俺相公呵，（诗云）全忘却圣经贤传，只记得长眉细腰。还未曾择吉动土，先演习当场开刀。倘小娘不能活转，不知他怎地开交。俺莫管邻猫生子，且自去睡觉为高。（下）

第三折

（正末上，诗云）误入天台莫漫夸，曾逢仙子乞胡麻。寻真已到蓬莱岛,流水何须送落花。俺杨于畏一天喜事,半生心愿,俱在今日功行圆满,绝早已曾分付抱琴觅下人夫,备妥家生,务于今日巳时前,径到连娘墓上,俺如今先去巡视祝祷一番者。想俺那连娘呵,(唱)

〔**南吕一枝花**〕耳垂明月珰,裙掩夫容袜。虚无疑幻梦,飘渺是空华。半载生涯,蔼烛消长夜,幽窗试苦茶。受不尽的役梦劳魂,按不下的心猿意马。

〔**梁州第七**〕则为他是一幅能言语的倩影,似一朵能行动的娇花,做弄得愁烦倒有天来大。深宵相盼,淡月啼鸦,五更愁见,晓日朝霞。自秋来露滴蒹葭,过深冬雪打檐牙,到如今扑人衣,飞絮纷纷,聒人耳,娇莺恰恰。算仍然望眼巴巴。想他,念他,这相思熬到何时罢?牵肠肚,难抛下。心魂似西望长安不见家,日日天涯。

(云)想俺到得今朝,也真是非同等闲也呵。(唱)

〔**九转货郎儿**〕也是俺的至心宁耐,也亏俺的痴心不改,感动得巫娥飞下楚阳台。我破家私将春光买,我下工夫将好花栽,也有个万紫千红一夜开。

(云)想俺那连娘也索是不易也。(唱)

〔**二转**〕他常则是荒郊闲步,经几度凄风暗雨。浑不记迢迢岁月徂。他常则是两目宵开似鳜鱼,更深犹自吟诗苦。半年来往还游聚,抵多少枯草逢春魂欲甦。

(云)只道半年过往,打波两叶浮萍,更堪有影总无形,

虚幻如同梦境。可喜昨宵灯下，低眉细诉幽情，他道是春来枯骨肉全生，真似惊魂初定。（唱）

〔三转〕是昨夜更深人静，对明镜，灯前取影，比垂杨雨过更亭亭。他道是魂初定，肉全生，酣眠乍醒，芳心自警，已不是飘蓬断梗，飞花弄影；已不是逐浪随波水上萍。

（云）雾霭今朝一扫空，春光万里日将中，至诚敢动碧翁翁。瑶圃那同天样远，蓬莱只在海云东，兰舟稳驾一帆风。（唱）

〔四转〕且莫道人生如梦，说不尽至心爱宠。将一幅画图儿叫真真，叫得哑了喉咙。也有个幽灵感动，悲欢相共。恰便是向荒田中，沙漠里，将情苗种。也有个一夜东风，装点春容。人道是三山难遣风相送，凡人休作神仙梦。你看俺恰便是挂起了布蓬，东指云海蓬莱有路通。（虚下）

（净上，云）上命差遣，概不由己。今日绝早，相公分付俺务要雇妥人夫，备齐家生，于午前巳时，齐到坟上；倘若有半星儿差池，便要三百板子拷下下截来。你想天下那里有雇了人去偷坟掘墓的？俺只好对人家撒个瞒天大谎，道是相公有位姐姐，葬在此地，今日要启坟改葬，又许下多给酒资，居然被俺招来四位工人。想来不至于湿肉拌干柴了也。（作回顾唤科。云）你每倒是上紧些。不要误了吉时。（四杂携砌末上，云）来也，来也。（净云）有请相公。（末上，云）诸事可曾齐备。（净云）都已遵命办

杂剧选

妥，若不是俺抱琴，第二个也不能如此周全。（末作向墓祇揖科。云）连娘，相见在迩，你索显灵显灵者。（唱）

〔五转〕一任教骄阳相照，且喜得行人更少。披荆榛更兼拨蓬蒿。斫乱苇，折黄茅，野草荒直教齐半腰。古墓当前，故人尚杳。心悬旆摇摇，未招魂先自相凭吊。试把小名儿低叫。（作唤科。唱）将数杯清酒频浇。（作奠酒科。唱）致心诚一陌纸钱烧。（作烈纸科。内作鸟声科。末看了听了作欢喜科。唱）看了这白杨树，嫩枝条，多谢你啼不住一声声双翠鸟。

（云）吉时已到，快些动手。（杂作启坟科。末唱）

〔六转〕向着这荒坟古墓，索兴倒扬锹动斧，一齐著力莫踌躇。俺只见沸沸扬扬，飞起尘土；破砖碎瓦，断断续续。好著俺澎澎湃湃，旋旋转转，热血似怒潮奔注。忐忐忑忑，毕毕卜卜，小鹿儿心头驰逐。飘飘荡荡魂，笃笃速速肉。花花绿绿，晃晃忽忽，两眼模胡。早看见齐齐臻臻，整整致致，退漆棺木。好教俺抖抖擞擞，战战兢兢，手脚慌张难作主。

（云）打开棺木者。（杂作开棺科了。末云）站远些！（唱）

〔七转〕他旧衣服随风飘化，我脱青衫亲身抱他。可爱杀嫩香肌玉无瑕。（带云）抬轿来。（杂作抬砌末科。正旦暗上。末作扶旦上轿科了。云）快快抬至斋中去者！（唱）香藤轿上莫着惊唬，休要嬉耍！您须见颤巍巍娇嫩煞难描画。放在这风日阳光下，俺则怕将一株没见天日的唐花生晒杀。

（众绕场作到书斋科了。末作扶旦下轿入室卧床上科。净云）启相公大事已毕，我等告退。（末云）好好，多多与他每些酒资。（净杂同下。末作焚香了对旦坐科。唱）

〔八转〕俺这里凝看不瞬，他那里星眸闭紧。告巫阳好和俺赋招魂。且将这安息漫焚，漫焚。悄无声，气氤氲，我静待青春归来讯。则见他挪娇身也么哥，潘香津也么哥！弹下鬏云，慢转秋波，动著樱唇。渐渐地娇红晕粉，晕粉。两朵明霞弄腮痕，越越地添丰韵。听微呻也么哥，看轻颦也么哥！这一番亲到瑶台逢玉真。

（旦作低语科。云）杨郎，俺二十载一梦，今日方醒也。

（末作惊喜科。云）大慈大悲救苦救难观世音菩萨摩诃萨！

（唱）

〔九转〕他低言语一丝两气，悄声唤，双唇慢启。映窗纱红日乍移西。我撒金钩垂下罗帏；移曲戌掩过双扉。忍不得心头欢喜，止不住腮边泪滴。你道是二十年今朝来眠起，可知俺半年中镇日价魂迷。到此时一会价尚犹疑：怕还是月中霜里，隔短墙联句和诗题。炷沉檀念彼观音力。你那里休得再流萤惹草复沾帏，重教俺又一度元夜凄风却倒吹。

（旦作欠身倚床微笑科。云）杨郎，俺身上索是疲软无力也。（末云）姐姐大寐初觉，索要多事休养，待俺搀扶着进内室安憩者。（作扶旦起立科。唱）

〔煞尾〕待晚来今生细说前生话，好把银缸，背绛纱，谅不似露冷风高月明下。漫夸，泛槎，这一番身到天台并非是假。

（末扶旦下）（净上，云）你看俺相公，下场诗也不念，便赶紧归去内室，还是俺抱琴来吊场咱。（唱）

〔**南南吕梁州新郎**〕书生作事，相思成病，王法全都不怕。偷坟掘墓，看来真叫胡拏。倘若僵尸枯骨，不能起死回生，准备著徒流剐。天从人愿也，果堪夸，真见枯枝满树花。今夜晚，临床榻，甚今生细说前生话？直欠著圣贤打。

（诗云）常言道望梅止渴，几曾见蒸饭抟沙？谁承望鸾交凤友，果出自水月镜花。今夜晚难道依旧，像往日打嘴磕牙。既然是肉身成圣，想一定宜其室家。（下）

第四折

（净上，诗云）几家欢乐几家愁，花似胭脂水似油。他夫妇二人同跨马，俺孤穷无分去骑牛。俺抱琴自幼伏侍相公，虽不至视同骨肉，且喜他待下恩宽。每日除去伺候茶水而外，便是扫地焚香诸事，都轻易不教俺动手，自去春掘出活鬼，更把俺看作死人。一年之间，统算起来，不曾支使得一遭两遭。转眼清明佳节，俺想正好呼朋唤友，踏青买醉。不料相公昨夜忽然传俺上去，说他要同了娘子，并马游春，登山观海。要我今日绝早担了酒榼食榐，前去海边崖上，密松林中等候。那两匹枣骝马，早由老苍头自城中牵来喂养。这也不干我事。看此刻天色黎明，须索早早前往。(作担起砌末科了,云)正是,有福之人虽有福,无福之人也是人。(下)(正末春服骑马上,诗云)红日东升淡霭收,郊原并马事春游。千章云木藏啼鸟;几处秋千出画楼。(正旦华妆骑马随上,诗云)红晕无边桃笑靥,青丝万缕柳梳头。风光今日知何限?山自青青水自流。(末云)娘子,已至郊原,小心坐鞍鞯羁者。(旦云)相公,你看好一片春光也呵。(唱)

〔**中吕粉蝶儿**〕稳坐骅骝,看无边江山明秀。湛青天,宿雨才收。小桃开,文杏谢,绿描红绣,白日当头,正佳节清明时候。

(末云)娘子,你看男妇老幼,接踵摩肩,无人不是兴高彩烈也。(旦唱)

〔**醉春风**〕绿树鸟鸣春,青帘人卖酒。喜孜孜绿女与红男,一到处有,有。行行地宝马香车,队队地蓝衫乌帽,群群地青衣红袖。

(末云)娘子,你看画鹢迎风,清歌惊鹭,水上繁华,正自不减岸上。(旦唱)

〔**迎仙客**〕临碧水,泛清流,垂杨袅风拂鹢首,挑丝弦,惊鹭鸥。妙舞清讴,一个个酒淹了春衫袖。

〔**石榴花**〕一个个逗风流,一个个显挡搜。向东风意态两悠悠。桃花渡口,绿树村头,簪花折柳争迤逗,观不尽燕侣鸾俦。(末云)古人云,柳外秋千出画墙,信高才也。(旦唱)秋千出没山前后,更红旗飘渺出层楼。

杂剧选

〔斗鹌鹑〕众女伴,服饰鲜明,精神抖擞,本领超群,技能滑熟,缥缈夷犹未肯休。恰便是水上鸥;恰便是将遇良才;恰便是棋逢对手。

(末云)小妇少女,一到此日,上得秋千,荡个无了无休,则图甚的也?(旦云)你是也不晓得。(唱)

〔上小楼〕休猜作胡行乱走,试看他争先恐后。荡将来,快拂花梢,轻裹杨枝,高过红楼。不识忧,不解愁。停针罢绣,甚较量绿肥红瘦?

〔么篇〕直教他花见也羞,柳见也愁。脚下红尘,眼底人世,熙熙攘攘,去马来牛。直教他云相逐,水自流。水云奔凑,都在他一身左右。

〔脱布衫〕碧天边,风起飕飕;半空中,云去悠悠。抖精神,摘星换斗,直甩开,春衫两袖。

(云)俺如今也不索上那秋千,直待纵马飞驰也。(末云)平原走马,易放难收,娘子索是在意者。(旦唱)

〔小梁州〕你道是催马加鞭出辔头,易放难收。争知俺平生最喜骤骅骝,非虚谬。试看俺跳山涧,跨鸿沟。

(末云)不意娘子弱质,有此绝技。(旦唱)

〔么篇〕休猜作人比黄华瘦,尽消磨翠被香篝。(作绕场驰马科了。唱)你看俺刷刷刷苍鹰下臂鞲,飘飘飘行云归岩岫,火火火驰峻坂稳似他下红楼。

(云)相公随俺来者。(驰下)(末云)看他似急箭离弦,俺正好流星赶月去也。(作鞭马科。驰下)(杂扮众老少上,少云)不知马上这个小娘是谁家宅眷,生得如此标致。方才俺每追著,看了个眼饱。此刻他驰马而去,马上功夫,却又这等溜撒。哥儿每,撒开鸭子追上去者。(老云)你住了罢,那小娘儿是个女鬼。(少云)我不信鬼魂儿敢在白日下大众里,骑了马出现也。(老云)你是也不知。那相公姓杨,那小娘儿是他在荒坟里掘了出来的一个僵尸,俺每这里人人尽晓,个个皆知。你每即便是外乡来的,向来没有见过,难道连个耳风儿也没有?(少云)那个甚么杨相公同他住得,难道俺每看也看不得?哥儿每,追上去者!(老云)你每两条腿,跟着四条腿跑,好冤枉也。(少云)管不了那么许多。哥儿每,追上去,多看他两眼也是好的。(众少急下。老云)少不更事,定是好事也。(诗云)俺只觉春来老腿酸于醋,他不管雨后青苔滑似油。任凭他两脚生风飞蹦跳,不如俺稳撒鸭子慢牵牛。(众老负手徐下)(旦骑马上云)何必扬州重跨鹤,(末骑马上云)不须洛水看凌波。(旦云)这一阵星飞电掣,好快意也。(末云)娘子可曾听见那些老年人谈论你的旧事么?(旦唱)

〔**快活三**〕那老儿每卖弄他高年见识周,诸事晓根由。(带云)他敢说咱当年呵,(唱)月上柳梢头,鬼唱黄昏后。

〔**朝天子**〕你著他住口,罢手,漫将这世事穷研究。则那少枝无叶的树梢头,为甚的一夜花如绣?春去秋来,山明水秀,问谁能寻旧游?则这万有运流,他唤作天生就。

〔**四边静**〕偏见了俺眉峰双秀,雨过岚光翠欲流。丰肌隐肉,日映燕支透。裙腰,袖口,尽比着往日量肥瘦。

(末云)你我游目骋怀,别人说长道短,且自由他。(旦云)正是这般说。(末云)迤逦行来,不觉前面已是密松林了。林外站的兀的不是抱琴?(净上云)小人在此等候多时,怎的相公此刻才到?(末云)我每且下马林边小憩者。(末旦作下马科。净牵马下。末旦作同坐石上共饮科。旦云)此地更无过往游人,惟有泉声鸟语,索是清幽也呵。(唱)

〔**哨遍**〕落英糁,地衣红绉。更潺潺一派清泉溜,越清脆,越清幽。一双双语燕鸣鸠,劝杯酒。蒲桃醇酿,琥珀浓香。春血胭脂肉。漫去消磨春昼,且待俺腻粉轻匀,香汗徐收。(内作海潮音科。旦唱)听风声瑟瑟送潮音,看波影摇摇隔林丘,我与你重抖起丝缰,再跨上雕鞍,着童儿且收拾起玉斗。

(云)相公可着抱琴收拾檷楱,你我上马徐行,转过林边前去观海者。(末云)转过林边,再登上那畔一带冈峦,东海即在目前。马也不须骑了,待俺搀了娘子,慢慢步行前去咱。(旦作微笑科。云)那个要你来搀?(末云)如此,抱琴在此看守。(净内应科。末云)你我挽手而行。(末旦携手绕场科。末云)正是阳春满天地,(旦云)碧海隔林丘。（末云）且极今朝乐，（旦云）还当秉烛游。（末旦作登高望远科。末云）娘子，你觑兀的不是大海当前也。（旦云）相公，你听林籁涛声，宫商交作，好悦耳也。（唱）

〔耍孩儿〕自然海上连成奏，多谢你个挡弹妙手，相伴著长林虚籁正清幽，姗姗珮玉鸣璆。说什么翠盘金缕霓裳舞，月夜春风燕子楼，到此间，齐低首。听不尽宫音与商音同作；看不尽云影和日影交流。

（末云）娘子，你看浴日浮天，烟波浩淼，好壮观也。（旦唱）

〔四煞〕似这等水漫著天，经多少春共著秋。白茫茫万里碧粼粼皱。试问他潮生潮落何时已，恰共那地久天长未肯休。君知否？谁见他蓬莱方丈？何处是三岛十洲？

（内作风声科。末云）海风吹倒山，娘子站稳了。（旦云）呀！（唱）

〔三煞〕涛乱翻，风正吼，涛翻风吼争驰骤。素车白马朝天阙，烈炮轰雷撼地轴。你看俺风云满满生红袖，说甚么御风的列子，梦蝶的庄周？

（末云）此刻晚汐初生，风势愈猛，立此悬崖，索要收心敛气者。（旦唱）

〔二煞〕你道是收放心，俺则待重进酒。（末云）娘子既如此喜爱海天景物，我每就在此间筑屋久住，再不踏他阛阓也罢。

杂剧选

（旦唱）相公试和俺闲穷究。似俺这一身两世非春梦，恰共你凤友鸾交作好逑，鹣鹣般比翼长相守。是爱他莽苍苍青天碧海？是爱他熙攘攘赤县神州？

（末云）娘子你觑红轮西坠，碧雾东生，天色将晚，咱每好归去了也。（旦唱）

〔一煞〕遥空晚渐低，绮霞明未收，将海天尘世一起来庄严就。将遍人间绛蕊融成色；合天下黄金铸一个球。潮音里响一片钧天奏：比月夜更十分渊穆，比春朝加一倍温柔。

〔煞尾〕只著俺欲归也重逗留，好一似将醉也难罢酒。归来也一任教万家灯火黄昏后。还恐怕少时节上雕鞍忍不住再一回首。

（末旦同下山科。旦云）临归不觉又迟留，（末云）已是春郊竟日游。（旦云）且整春衫同上马，（末云）更无红袖倚高楼。抱琴，马来。（净牵马上。旦作上马科。云）相公随俺来，（驰下。末作上马科了，云）来也。（驰下。净担起砌末作行科。云）想俺早间担了樏榼前来，一路之上，也见了无数风光，适间他每上山，俺就著残肴剩酒，也吃得醺醺然有些醉意。只是孤身独自，好寂寞也。不免再唱个小曲儿遣闷者。（唱）

〔南中吕驻马听〕意马难收，敢是俺烧香不到头。相公娘子，他的前生，可有个丫头，尸棺埋葬在荒丘？好刨来与俺成婚媾。室内绸缪，闲来野外同去骑牛。

（诗云）无人共俺作春游，游去游来游得愁。一旦有人陪

伴我，骑不得水牛也去骑黄牛。天色不早，相公去远了也。（担砌末奔下）

题　目　炎暑山斋自习文
　　　　严寒雪夜犹相访
正　名　杨生得意春鸟鸣
　　　　连琐团圆秋坟唱
总关目　精魄横成意外缘
　　　　秀才得遂平生志
　　　　惹草沾帏元夜诗
　　　　陟山观海游春记

陟山观海游春记卷终
卅四年一月廿九日写成

附 录

纪念我的老师清河顾随羡季先生
——谈羡季先生对古典诗歌之教学与创作（《顾随文集》代跋）

（一）先生之生平、教学及著述简介

顾师羡季先生本名顾宝随，河北省清河县人，生于一八九七年二月十三日（即农历丁酉年正月十二日），父金墀公为前清秀才，课子甚严。先生幼承庭训，自童年即诵习唐人绝句以代儿歌，五岁入家塾，金墀公自为塾师，每日为先生及塾中诸儿讲授"四书"、"五经"、唐宋八家文、唐宋诗及先秦诸子中之寓言故事。一九〇七年先生十一岁始入清河县城之高等小学堂，三年后考入广平府（即永年县）之中学堂，一九一五年先生十八岁时至天津求学，考入北洋大学，两年后赴北平转入北京大学之英文系，改用顾随为名，取字羡季，盖《论语·微子》篇曾云"周有八士"中有名"季随"者也。又自号为苦水，则取其发音与英文拼音中顾随二字声音之相近也。一九二〇年先生自北大之英文系毕业后，即投身于教育工作。其初在河北及山东各地之中学担任英语及国文等课，未几，应聘赴天

津，在河北女师学院任教。其后又转赴北平，曾先后在燕京大学及辅仁大学任教，并曾在北京师范大学、北平大学、女子文理学院、中法大学及中国大学等校兼课。一九四九年后一度担任辅仁大学中文系主任。一九五三年转赴天津，在河北大学前身之天津师范学院中文系任教，于一九六〇年九月六日在天津病逝，享年仅六十四岁而已。先生终身尽瘁于教学工作，一九四九年以前在各校所曾开设之课程，计有诗经、楚辞、昭明文选、唐宋诗、词选、曲选、文赋、论语、中庸及中国文学批评等多种科目。一九五三年后在天津任教时又曾开有毛主席诗词、中国古典戏曲、中国小说史及佛典翻译文学等课。先生所遗留之著作，就嘉莹今日所搜集保存者言之，计共有词集八种，共收词五百余首，剧集二种，共收杂剧五本，诗集一种，共收古、近体诗八十四首，词说三种（《东坡词说》《稼轩词说》以及《毛主席诗词笺释》），佛典翻译文学讲义一册，讲演稿二篇，看书札记二篇，未收入剧集之杂剧一种，及其他零散之杂文、讲义、讲稿等多篇，此外尚有短篇小说多篇曾发表于二十年代中期之《浅草》及《沉钟》等刊物中，又有《揣籥录》一种曾连载于《世间解》杂志中，及未经发表刊印之手稿多篇，分别保存于先生之友人及学生手中。

我之从先生受业，盖开始于一九四二年之秋季，当时甫升入辅大中文系二年级，先生来担任唐宋诗一课之教学。先生对于诗歌具有极敏锐之感受与极深刻之理解，更加之先生又兼有中国古典与西方文学两方面之学识及修养，所以先生之讲课往往旁征博引，兴会淋漓，触绪发挥，皆具妙义，可以予听者极深之感受与启迪。我自己虽自幼即在家中诵读古典诗歌，然而却从来未曾聆听过像先生这样生动而深入的讲解，因此自上过先生之课以后，恍如一只被困在暗室之内的飞蝇，蓦见门窗之开启，始脱然得睹明朗之天光，辨万物之形态。于是自此以后，凡先生所开授之课程，我都无不选修，甚至在毕业以后，我已经在中学任教之时，仍经常赶往辅大及中国大学旁听先生之课程。如此直至一九四八年春我离平南下结婚时为止，在此一段期间内，我从先生所获得的启发、勉励和教导是述说不尽的。

先生的才学和兴趣，方面甚广，无论是诗、词、曲、散文、小说、诗歌评论、甚至佛教禅学，先生都曾留下了值得人们重视的著作，足供后人之研读景仰。但作为一个曾经听过先生讲课有五年以上之久的学生而言，我以为先生平生最大之成就，实在还并不在其各方面之著述，而更在其对古典诗歌之教学讲授。因为先生在其他方面之成就，往往尚有踪迹及规范的限制，而唯有先生之讲课则是纯以感发为主，全任神行，一空依傍。是我平生所接触过的讲授诗歌最能得其神髓，而且也最富于启发性的一位非常难得的好教师。先生之讲诗既是重在感发而不重在拘狭死板的解释说明，所以有时在一小时的教学中，往往竟然连一句诗也不讲，自表面看来也许有人会以为先生所讲者都是闲话，然而事实上先生所讲的却原来正是最具启迪性的诗歌中之精论妙义。昔禅宗说法有所谓"不立文字、见性成佛"之言，诗人论诗亦有所谓"不涉理路，不落言筌"之语。先生之说诗，其风格亦颇有类于是。所以凡是在书本中可以查考到的属于所谓记问之学的知识，先生一向都极少讲到，先生所讲授的乃是他自己以其博学、锐感、深思、以及其丰富的阅读和创作之经验所体会和掌握到的诗歌中真正的精华妙义之所在，并且更能将之用多种之譬解，做最为细致和最为深入的传达。除此以外，先生讲诗还有一个特色，就是先生常把学文与学道以及作诗与做人相并立论。先生一向都主张修辞当以立诚为本，以为不诚则无物。所以凡是从先生受业的学生往往不仅在学文作诗方面可以得到很大的启发，而且在立身为人方面也可以得到很大的激励。

凡是上过先生课的同学一定都会记得，每次先生步上讲台，常是先拈举一个他当时有所感发的话头，然后就此而引申发挥，有时层层深入，可以接连讲授好几小时甚至好几周而不止。举例来说，有一次先生来上课，步上讲台后便转身在黑板上写了三行字："自觉，觉人；自利，利他；自渡，渡人。"初看起来，这三句话好像与学诗并无重要之关系，而只是讲为人与学道之方，但先生却由此而引发出了不少论诗的妙义。先生所首先阐明的，就是诗歌之主要作用，是在于使人感动，所以写诗之人便首先须要有推己及人与推己及物之心。先生以为必先具有民胞物与之同心，然后方能具有多情锐感之诗心。于是先生便又提出说，伟大的诗人必须有将小我化而为大我之精神，而自我扩大之途径或方法则有二端：一则是对广大的人世的关怀，另一则是对大自然的融入。于是先生遂又举引出杜甫《登楼》一诗之"花近高楼伤客心，万方多难此登临"为前者之代表，陶渊明《饮酒》诗中之"采菊东篱下，悠然见南山"为后者之代表；而先生由此遂又推论及杜甫与陆游及辛弃疾之比较，以及陶渊明与谢灵运及王维之比较；而由于论及诸诗人之风格意境的差别，遂又论及诗歌中之用字、遣词，和造句与传达之效果的种种关系，甚且将中国文字之特色与西洋文字之特色做相互之比较，更由此而论及于诗歌中之所谓"锤炼"和"酝酿"的种种工夫，如此可以层层深入地带领同学们对于诗歌中最细微的差别做最深入的探讨，而且绝不凭借或袭取任何人云亦云之既有的成说，先生总是以他自己多年来亲自研读和创作之心得与体验，为同学们委婉深曲地做多方之譬说。昔元遗山《论诗绝句》曾有句云："奇外无奇更出奇，一波才动万波随。"先生在讲课时，其联想及引喻之丰富生动，就也正有类乎是。所以先生之讲课，真可说是飞扬变化、一片神行。先生自己曾经把自己之讲诗比作谈禅，写过两句诗说："禅机说到无言处，空里游丝百尺长。"这种讲授方法，如果就一般浅识者而言，也许会以为没有世俗常法可以依循，未免难于把握，然而却正是这种深造自得、左右逢源之富于启发性的讲诗的方法，才使得跟随先生学诗的人学到了最可珍贵的评赏诗歌的妙理。而且当学生们学而有得以后，再一回顾先生所讲的话，便会发现先生对于诗歌之评析实在是根源深厚、脉络分明。就仍以前面所举过的三句话头而言，先生从此而发挥引申出来的内容，实在相当广泛，其中既有涉及于诗歌本质的本体论，也有涉及于诗歌创作之方法论，更有涉及于诗歌之品评的鉴赏论。因此谈到先生之教学，如果只如浅见者之以为其无途径可以依循，固然是一种错误，而如果只欣赏其当时讲课之生动活泼之情趣，或者也还不免有买椟还珠之憾。先生所讲的有关诗歌之精微妙理，是要既有能入的深心体会，又有能出的通观妙解，才能真正有所证悟的。我自己既自惭愚拙，又加以本文体例及字数之限制，因此现在所写下来的实在仅是极粗浅、极概略的一点介绍而已。关于先生讲课之详细内容，我多年来曾保存有笔记多册，现已请先生之幼女顾之京君代为誊录整理，编入先生之遗集，可供读者研读参考之用。

至于就先生的著述而言，则先生所留下来的作品，方面甚广，我个人因本文篇幅及自己研习范围之限制，不能在此做全面的介绍和讨论，现在只就先生在古典诗歌之创作方面的成就略做简单之介绍。先生自二十余岁时即以词见称于师友之间，最早的一本词集《无病词》刊印于一九二七年，收词八十首，当时先生不过三十岁；其后一年（一九二八）又刊印《味辛词》一册，收词七十八首；又二年之后（一九三〇），又刊印

《荒原词》一册，收词八十四首。在《荒原词》之卷首，有先生之好友涿县卢宗藩先生所写的一篇序文，曾经叙述说先生"八年以来殆无一日不读词，又未尝十日不作，其用力可谓勤矣"。然而自《荒原词》刊出以后，先生却忽然对于写词感到了厌倦，于是遂转而致力于诗之写作。四年之后（一九三四），遂有《苦水诗存》及《留春词》之合刊本问世，卷首有先生之《自序》一篇，叙述平生学习为诗及为词之经过，自云"余之学为诗几早于学为词二十年，顾不常常作"，又云自一九三〇年冬"以病忽厌词"，于是自一九三一年春"遂重学为诗"；先生自言其为诗之用力亦甚勤，云："余作诗虽不如老杜之'语不惊人死不休'，亦未尝率意而出，随手而写，去留取最之际，亦未尝不审慎"，然而先生却自以为其诗之成就不及其词，并引其稚弟六吉之言，以为其所为诗"未能跳出前人窠臼"。先生自谓"少之时，最喜剑南"，其后"学义山、樊川，学山谷、简斋，惟其学故未必即能似，即其似故又终非是也"。而先生之于词则自谓"并无温、韦如何写，欧、晏、苏、辛又如何写之意"，以为"作诗时则去此种境界尚远"。故于《苦水诗存》刊出以后，先生之诗作又逐渐减少，乃转而致力于戏曲，两年后（一九三六）遂刊出《苦水作剧三种》，共收《垂老禅僧再出家》《祝英台身化蝶》《马郎妇坐化金沙滩》杂剧三种及附录《飞将军百战不封侯》杂剧一种。先生既素以词名，故其剧作在当日并未引起广大读者之注意。然而先生在杂剧方面之成就，则实不在其词作之下。原来先生在发表此一剧集之前，对杂剧之写作亦曾有致力练习之过程。盖早在一九三三年间，先生即曾写有《馋秀才》之二折杂剧一种，其后于一九四一年始将此剧发表于《辛巳文录初集》之中，并附有跋文一篇，对写作之经过曾经有所叙述，自云此剧系一九三三年冬"开始练习剧作时所写"。其后自一九四二年开始，先生又致力于另一杂剧《游春记》之写作，此剧共分二本，每本四折外更于开端之处各加"楔子"，为先生所写之杂剧中最长之一种，迄一九四五年始正式完稿，刊为《苦水作剧第二集》。当先生之兴趣转入剧曲之写作时，曾一度欲停止词之写作，在其《留春词》之自序中，即曾写有"后此即有作，亦断断乎不为小词矣"之语。然而先生对词之写作则实在不仅未尝中辍，而且在风格及内容方面更曾有多次之拓展及转变。先是在一九三五年冬，先生于病中曾写有和《浣花》词五十四首，其后于一九三六年又陆续写有和《花间》词五十三首，和《阳春》词四十六首，统名之曰《积木词》（此一卷词未曾见有刊本问世，今所收存为我于一九四六年时自先生手稿所转抄者）；其后先生于一九四一年又曾刊有《霰集词》一册，收词六十六首；一九四四年又曾刊有《濡露词》及《倦驼庵词稿》合刊本一册，共收词三十二首；一九四九年后，先生亦写有词作多首，曾陆续发表于天津之《新港》杂志及《天津日报》等报刊，总其名为《闻角词》，然未尝刊印成册。计先生平生虽然对于古典诗歌中诗、词、曲三种形式皆尝有所创作，然而实在以写词之时间为最久，所留之作品亦最多，曲次之，诗又次之。所以本文对先生古典诗歌创作方面之介绍，便将以先生之词作及剧作二种为主，而以诗作附于词作之后略作简单之介绍。

（二）先生词作中之思想性和艺术性

关于先生的词作，我想分为思想性和艺术性两方面来加以讨论。先谈思想性方面。自一九二七年先生刊出其第一册词集《无病词》开始，至一九六〇年先生逝世前发表之《闻角词》为止，前后计有三十余年之久，共写词有五百余首之多。在此极长之时间与极多之作品中，先生既曾经历北伐、抗战、沦陷、胜利多次之世变，又曾经历由青年而中年而老年之人生各种不同之阶段，则其词作之思想性的内容，自然曾有多次之转变，如果自其变者而观之，则其感时触物、情意万殊，自非本文之所能遍举，而如果自其不变者而观之，则先生词作之思想性的内容，大约可以简单归纳为以下几点特色。第一点，我们所要提出来的是，先生之词作往往含有对时事之感怀及喻托。先生在其《荒原词》之卷末附有自题词集之绝句六首，其中一首有句云："禽鸣高树虫啼秋，时序感人不自由。少作也知堪毁弃，逝波谁与挽东流。"其所谓"感人"的"时序"和"东流"的"逝波"，所指的应该便是他自己早期词作中对当时世事有所感怀的用心和托意。先生之《无病词》刊于一九二七年，《味辛词》刊于一九二八年，《荒原词》刊于一九三〇年，只要是对于中国近代史稍有了解的人，大概都可以想象到当日的中国是处于怎样的动乱之中。先生在当时对于革命之理想虽然尚未有明确之认识，然而其忧时念乱的爱国之感情却是经常流露于笔墨之中的。例如其《无病词》中的"中原却被夜深埋，那更秋风秋雨逐人来"(《南歌子》)，"江南江北起烟尘，风力猛，笳声动，落日无言天入梦"(《天仙子》)以及"阑干倚遍，但心伤破碎河山"(《汉宫春》)诸作品中，其所表现的对于国事的悲慨是明白可见的。及至《味辛词》中，如其"湖边血痕点点，更血花比着暮霞红"(《八声甘州·哀济南》)以及"不道好山好水，胡马又嘶风，地下英灵在，旧恨还重"(《八声甘州·忽忆历下是稼轩故里因再赋》)诸作品中，所表现的则是对于当年所发生的济南惨案的悲哀愤激的感慨。及至抗战兴起以后，先生沦陷于当日为日军所占领的北平，在这一时期中，先生曾写了不少以比兴为喻托而寄怀故国之思的作品，如其《霰集词》中之"漫写瑶笺寄远方"(《南乡子》)以及"渺渺予怀水一方"(《南乡子》)等句，所托喻的便都是对于故国的怀恋和思念；又如其"春风何日约重还，好将双翠袖，倚竹耐天寒"(《临江仙》)以及"蒹葭风起正苍苍，伊人知好在，留命待沧桑"(《临江仙》)等句，所托喻的则是对祖国之期待盼望的坚贞的心意。这种委婉托喻的作品，其内容用意虽也是对时事的感怀，然而却与早年的悲慨激愤的风格已经有了很大的不同。及至到了新中国成立以后，先生之词的风格又发生了一次更大的转变，如其《闻角词》中的"乍云开雾敛，海澹澹，赤霞张，渐迤逦关河，雪山葱岭，共浴朝阳"一首《木兰花令》，是为第一届全国人民代表大会而写作的；又如其"河流让路天低首，人力胜天凭战斗"一首《玉楼春》，则是为庆祝全国丰收而写作的。这些词中所表现的欢欣颂愿的情意，是先生以前的作品中极为少见的，不过其风格情调虽有不同，而其为关怀国事的有心用意之作，则是始终一致的。

第二点我们所要提出来的，则是先生在词作中往往表现出一种对于苦难之担荷及战斗的精神。一般说来先生在词作中虽也经常写有一些自叹衰病之语，这可能是因为先生的身体一向多病的缘故，而其实在精神方面先生却常是表现有一种积极的担荷及战斗之心志的，这从先生早期的作品，如其《无病词》中的"何似唤愁来，却共愁厮打"（《蓦山溪》）与《味辛词》中的"人间事，须人作，莫蹉跎"（《水调歌头》）等句，便都已经可以看到这种精神的流露。而到了《荒原词》中，这种精神和心志则表现得更为鲜明和强烈。如其《鹧鸪天》（说到天涯自可哀）一首之"拚将眼泪双双落，换取心花瓣瓣开"，《踏莎行》（万屋堆银）一首之"此身判却似冰凉，也教熨得阑干热"，《采桑子》（如今拈得新词句）一首之"心苗尚有根芽在，心血频浇，心火频烧，万朵红莲未是娇"，便都是极好的例证；而其《鹧鸪天》词之"说到人生剑已鸣。血花染得战袍腥。身经大小百余阵，羞说生前死后名。心未老，鬓犹青。尚堪鞍马事长征。秋宵月落银河暗，认取明星是将星"一首，则尤其是把这种担荷及战斗之心志表现得最为完整有力的一篇代表作。其后在沦陷时期中，先生则把这种担荷战斗的精神心志与比兴喻托相结合，用最委婉的词语，表现了一种对故国怀思期待的最坚贞的情意，而在一九四九年后所写的《闻角词》诸作中，则又将此种精神心志转为了奋发前进的鼓舞和歌颂。从外表看来，其内容情意虽然似乎曾经有多次的转变和不同，然而其实就精神方面言之，先生之具有对苦难之担荷及战斗的精神心志，则也是始终一致的。

第三点我们要提出来的则是先生在词作中常表现有一种富于哲理之思致。一般说来，在中国古典诗歌之传统中，词之为体原来大多皆以抒情为主。间有用心托意之作，所写也不过是家国之思、穷通之慨，至于如西方文学中之以诗歌表现某种哲理之思致的作品则并不多见。至晚清之王国维氏，因其曾经涉猎西方之哲学，所以往往以西方之哲理入词，这是一种极可注意的新开拓。先生早年既曾入北大研读西方文学，又对王国维之《人间词》及《人间词话》极为推崇，故先生亦往往好以哲理入词。不过先生之以哲理入词也有与王国维相异之处：其一，就所选用之语汇及形象而言，王国维仍多沿用旧传统之词汇和形象，而先生则往往使用新颖的语汇和形象，此其差别之一；其次，再就内容情意而言，则王国维曾经受有西方叔本华厌世主义哲学之影响，故其词作中每多悲观忧郁之语，而先生则不为任何哲学家之说所局限，其所写者往往只是一种因景触物的偶然的富于哲理之思致，此其差别之二。举例而言，在先生词作中，如其《无病词》中之"为是黄昏灯上早，蓦然又觉斜阳好"（《蝶恋花》），"人生原是僧行脚，暮雨江关，晚照河山，底事徘徊歧路间"（《采桑子》），与《味辛词》中之"空悲眼界高，敢怨人间小，越不爱人间，越觉人生好"（《生查子》），"那堪入梦，比著醒梦尤难"（《庆清朝慢》），及《荒原词》中之"乍觉棉裘生暖意，阳春原在风沙里"（《鹊踏枝》），"山下是人间，山上青天未可攀"（《南乡子》），以及《留春词》中之"走平沙绿洲何处，只依稀空际现楼台"（《八声甘州》），与《濡露词》中之"流波止水两悠然，要与先生商去住"（《木兰花令》），和《倦驼庵词稿》中的"回看来路已茫茫，行行更入茫茫里"（《踏莎行》），这些词句便都蕴含有对景触物所产生的一种哲理之思致，而此种思致既不拘限于任何一家的哲学之说，而且更都结合着生动真切的景物之形象。除此之外，先生也常以人物之形象表现一种富于哲思之新情意，如其《荒原词》中的一首《木兰花慢·赠煤黑子》便曾写有一个煤黑子的形象，说："豪英百炼苦修行，死去任无名。有衷心一颗，何曾灿烂，只会怦怦。堪憎、破衫裹住，似暗纱笼罩夜深灯。"又在《味辛词》中的一首《木兰花慢》

（是何人弄笛）也曾写有一个深夜卖卜者的形象，说："想身外茫茫，行来踽踽，深巷迢迢。……有谁将命运，双肩担起，一手全操？"这些作品便都不仅表现了哲思，而且也选取了旧传统中所不常叙写的人物的形象。这种富于哲思的新意境，是先生词作中另一点可注意的特色。

除去以上三点思想性方面之特色以外，先生之词作在艺术性方面也有几点值得注意的特色。首先是先生对词之写作能具有创新之精神，足以自成一种风格。关于这一点，先生自己也曾有所叙述，例如在《苦水诗存》之《自叙》中，先生即曾自言其写词时"并无温、韦如何写，欧、晏、苏、辛又如何写之意"，又在其《无病词》中先生也曾有"自开新境界，何必似花间"（《临江仙》）之语。从这些话当然都可以看出先生在词之创作方面具有一种不肯蹈袭前人的开拓创新之精神。这种独立创新之精神，一方面与先生一向论诗之主张既然彼此相合，另一方面与先生学词之经过也有相当密切之关系。先从论诗之主张一方面来谈。先生讲课时一向主张创作时应当有独立创新之精神，经常在讲课中勉励同学说："丈夫自有冲天志，不向如来行处行。"而这种开创，先生又主张当以"立诚"为本，所以先生在词之创作中的开拓创新，便也全以一己真诚之表现为主。先生在其《味辛词》中，便曾写有一首《朝中措》，自叙其为词之甘苦说："先生觅句不寻常，一字一平章。只望保留面目，更非别有心肠。"这是先生之词所以能形成一己独立之风格的一项重要原因。再就先生学词之经历而言，先生在其《稼轩词说》之《自序》中曾叙述其早年学习诗词之经过，自谓其学诗自幼即承庭训，而学词则未曾有所师承，云："吾年至十有五……一日于架上得词谱一册读之，亦始知有所谓词……二十岁时，始更自学为词，先君子未尝为词，吾又漫无师承，信吾意读之，亦信吾意写之而已。"这种信意读、写的态度，很可能是造成先生之词能以自成一格的另一原因。不过更值得注意的是先生在随意读、写的经过中，原来对前代词人也曾有过广博的汲取继承，只不过先生在汲取之时并未曾落入任何一家的窠臼之中，所以才能依然保留其一己之面目。先生对其所曾经学习模仿过的一些前代词人也都曾在其词作中有所叙及。首先我们要提出来的一位前代词人是辛弃疾。早在先生第一本词集《无病词》中《蓦山溪》（填词觅句）一首之下，先生即曾自注云"述怀，戏效稼轩体"；其后在《濡露词》中更曾写有《破阵子》二首，对稼轩极致推崇仰慕之意，在第一首词中即写有"要识当年辛老子，千丈阴崖百丈溪，庚庚定自奇"之句，仍以为未能尽意，又在第二首中赞美辛词说："落落真成奇特，悠悠漫说清狂。千丈阴崖凌太古，百尺孤桐荫大荒。偏宜来凤凰。"其崇仰之情可以概见。原来当先生写作这二首词时，盖正当先生撰著《稼轩词说》之际，先生在《词说》之《自序》中，曾叙述其一向对辛词之喜爱，说："世间男女爱悦，一见钟情，或曰宿孽也。而小泉八云说英人恋爱诗，亦有前生之说。若吾于稼轩之词，其亦有所谓'宿孽'与'前生'者耶？自吾始知词家有稼轩其人以迄于今，几三十年矣，是之间研读时之认识数数变，习作之途径亦数数变……而吾之所以喜稼轩者或有变，其喜稼轩则固无变也。"从此亦可见先生对于辛词之推崇赏爱之既久且深矣。所以先生自己之为词亦颇受稼轩之影响。即以前面所举引之两首《破阵子》而言，其爽健飞扬之致，便颇近于稼轩之风格。除稼轩以外，先生在词作中所曾述及的前代词人还有以下几位：其一是朱敦儒，先生在早期之《味辛词》中之《定风波》（扰扰纷纷数十年）一首之小序中即曾有为朱敦儒词"下一转语"之言，其后在《荒原词》之《行香子》（不会参禅）一首之下亦曾自注云"效樵歌体"；在先生晚年之《濡露词》中《清平乐》（人天欢喜）一首之下也曾自注云"早起散策戏仿樵歌体"。在这些效樵歌体之作品中，如其"不会参禅，不想骖鸾"及其"先生今日清闲，轻衫短杖悠然"诸语，其真率疏放之致，便与朱敦儒晚年作品之风格颇有相近之处。其二，我们要提出来的则是欧阳修。先生对欧词似乎也有很深的喜爱，曾经先后在《荒原词》《留春词》及《霰集词》中各写过五首至六首《定风波》词，均为效欧词《定风波》之"把酒花前"之作，共有十七首之多。在《荒原词》中的五首，前四首均以"把酒东篱"开端，末一首为总结，合为一组，全写对秋光之爱惜怅惘；在《留春词》中的六首，前五首均以"把酒高楼"开端，末一首为总结，合为一组，全写对残春之流连哀悼；在《霰集词》中的六首，前五首均以"把酒灯前"开端，末一首为总结，合为一组，全写对人生之悲慨感叹。这十七首词都写得低徊往复，一唱三叹，极能得六一词之神致。其三，我们要提出来的是晏殊，先生在《荒原词》中有三首《破阵子》词，第一首题为"南园看枫"，后二首题为"次日重游再赋"，全为模仿晏殊《珠玉词》风格之作，词中且曾引用大晏之词句云"珠玉词中好句，人生不饮何为"；其后在《留春词》中之《凤衔杯》（眼前风土又纷纷）一首，也曾有自注云"用珠玉词体"；更后在《濡露词》中之《浣溪沙》（一片西飞一片东）一首之前也曾有小序云"日读《珠玉词》及六一近体乐府，借其语成一阕"，可见先生对于晏殊也曾有过赏爱和模仿，不过一般而言，先生模仿大晏之作往往只是在字句方面用大晏之词语，而在神致情韵方面则先生仍然自有一己之面目，与大晏之风格并不尽同。其四，我们要提出来的则是柳永。先生在《留春词》中之《凤衔杯》（见说人生真无价）一首之下，曾自注云"用乐章集体"，盖为仿效柳词之通俗平易之一种风格者。其五，我们要提出来的则是周邦彦。先生在《留春词》中收有《西河》（燕赵地）一首，自注云"用清真韵"。此词在形式音律方面虽然与清真相近似，然而在神致方面则先生之率真清健与清真之典雅含蕴之风格实在并不全同。除去以上诸前代词人先生曾在词作中明白叙及有意模仿拟作者外，还有极值得我们注意的一件事，就是在一九三六年一月至九月之间，先生曾陆续写有《积木词》三卷，全为与古人和韵之作，首卷和韦庄之《浣花词》，次卷和《花间集》中之温庭筠、皇甫松、顾敻、牛峤、和凝、孙光宪、魏承班、阎选、尹鹗、毛熙震诸人之作，三卷和冯延巳之《阳春词》。这些与古人和韵之词，对于先生词之风格曾产生过相当大的影响。原来先生早期词作受稼轩及樵歌之影响较大，偏于发扬显露而略少含蓄之情韵，经过此一阶段对晚唐五代词之拟作，对先生旧有之风格恰好产生了一种调节融汇之作用。这种作用，使先生之词于原有之率真清健之风格以外，又增加了一份深情远韵之美。又加之先生在填写《积木词》以后之次年，北平即因卢沟桥事变而沦陷于日人之手，先生既以家累之故不得不留居于沦陷区之北平，而其内心之抑郁悲慨之怀，遂皆假词之形式以抒写之。这些作品其后皆收入于一九四一年所刊印之《霰集词》中，其体式大率以短小之令词为主，至其内容则或者写低徊怅惘的故国怀思，或者写贞幽坚毅之期望等待，而其表现则大多兴象丰融，寄托深至，既有清健之气，复饶情韵之美，是先生词作中的上品之作。如其《霰集词》中《鹧鸪天》之"不是新来怯凭栏"一首与《浣溪沙》之"又是人间落叶时"一首之写怅惘之怀思，以及《定风波》之"昨夕银釭一穗金"一首与《临江仙》之"岁月如流才几日"一首之写坚贞之期望，便都是这类作品中极佳的例证。至于先生在晚年所写的《闻角词》，则似乎又有返回于早年之率真豪健之意，不过其发扬开阔之气，与夫欢欣鼓舞之情，以及其作品中对于新生事物之歌颂赞美，则皆为早年词作中之所未有。综观先生词之风格，盖能于自辟蹊径之中兼融前代词人各家之长而又能随时代以俱进者。这是先生之词在艺术风格方面一项可重视的特色。先生在其《积木词》之卷末曾附有自题词集的六首绝句，其最后一首即曾云："人问是今还是古，我词非古亦非今，短长何用付公论，得失从来关寸心。"这首诗就恰好说明了先生写词之融汇古今、自辟蹊径的态度和风格之特色。

其次，再就先生在艺术手法方面之表现而言，则我们大约可将之分别为用字、结构与意象三点来加以讨论。先谈用字方面之特色，先生既富于独立创新之精神，又对西方文学有相当之素养，是以先生之词作往往能结合雅俗中外之各种字汇作融汇之运用。例如其《无病词》中《蝶恋花》（昨夜宿醒浑未醒）一首中之"爱神烦恼诗神病"之句；《味辛词》中《清平乐》（晕头胀脑）四首中之"镇日穷忙忙不了"与"磨道驴儿来往绕"诸句；《荒原词》中《凤栖梧》（我梦君时君梦我）一首中之"别来可有新工作"，《踏莎行》（当日桃源）一首中之"乐园如不在人间，尘寰何处寻天国"诸句；《留春词》中《浣溪沙》（青女飞霜斗素娥）一首中之"试把空虚装寂寞，更于矛盾觅调和"，《好儿女》（地可埋忧）一首中之"象牙塔里，十字街头"诸句，便都是这种对于雅俗中外之字汇加以融汇运用之最明显的例证。再就结构方面之特色而言，先生在句法及章法方面最喜用层转深入与反衬对比及重叠排偶之手法，以造成一种在艺术传达方面特别加强之效果，如其《无病词》中《好事近》（几日东风暖）一首中之"甚春深春浅"与"说春长春短"，《定风波》（口北黄风塞北沙）一首中之"归去，可怜归去也无家"，《采桑子》（一重山作天涯远）一首中之"君住山前，侬住山间，山里花开山外残"诸句；《味辛词》中《生查子》（身如入定僧）一首中之"越不爱人间，越觉人生好"，《减字木兰花》（狂风甚意）一首中之"老怕风多嫌雨少，雨少风多，无奈他何一任他"诸句；《荒原词》中《南乡子》（三十有三年）一首中之"山下是人间，山上青天未可攀"，及所附《弃余词》中《最高楼》（携手去）一首中之"相见了，相思依旧苦；离别后，离愁何日诉"诸句；《留春词》中《忆秦娥》（黄昏时）一首中之"人间无复新相知，人生只合长相思"，《踏莎行》（百战归来）一首中之"为君重爇少年心，为君重下青春泪"诸句；以及《霰集词》中《灼灼花》（不是昏昏睡）一首中之"纵相逢已是鬓星星，莫相逢无计"，《濡露词》中《鹧鸪天》（谁识先生老更狂）一首中之"今年都道秋光好，好似春光也断肠"，《倦驼庵词稿》中《踏莎行》（天黯如铅）一首中之"回看来路已茫茫，行行更入茫茫里"诸句，便都是这种层转深入与反衬对比及重叠排偶等艺术手法的明显运用。

其三，我们再就先生词作中所使用之形象而言，在中国诗歌之旧传统中，一般多将形象与情意之关系简单归纳为比兴两类，或者因情及物，或者由物生情，总之，凡情意之叙写多以能结合形象可以予读者直接感受者为佳。先生之词，如我们在前文讨论其思想性内容时之所叙及，其作品中原来常包含有对于当时世事、个人心志及人生哲理多方面之含蕴，是其所作原多偏于有心用意之作，而凡此种种情意，先生往往多能用比兴之手法假形象以为表达，故其所作既在思想性方面有丰富之内容，同时在艺术性方面亦表现有丰美之形象。至于其形象之所取材则或者取象于大自然之景物，或者取象于人事界之事象，或者取象于想象中之幻象。至其表现，则或者用比的手法以为拟喻，或者用兴的手法取其感发，皆能随物赋形有极生动与极真切之表达。本文在此不暇做细密周至之分析，现在仅想就其形象与情意相感发、相结合之几种不同之方式及层次略作简单之介绍：其一是以写眼前大自然之景物形象为主而却表现有一种感发之情趣者，如其《无病词》中《一萼红》（静无尘）一首对新荷之描写，"静无尘。乍湿云收雨，远树带斜曛。木槿飘零，紫薇开罢，半池秋水粼粼。西风里、金销翠贴，剩几朵、留与看花人。夜月欺风，朝阳羞露，尽够销魂"，《浣溪沙·咏马缨花》一首之"一缕红丝一缕情，开时无力坠无声，如烟如梦不分明"，《味辛词》中《蝶恋花·独登北海白塔》一首之"我爱天边初二月，比着初三，弄影还清绝。一缕柔痕君莫说,眉弯纤细颜苍白",《荒原词》中《清平乐》(故人好意)一首之"黄华好似前年,折来插向窗间。窗外一株红树,教他与我同看",诸词中所写之形象皆为眼前大自然之景物,而莫不鲜明生动、情趣盎然,极富感发之力量。其二是所写虽亦为眼前之景物,然而其所传达者却不仅只为一种感发之情趣,更且喻含有较深之情意及思致者,如其《无病词》中《踏莎行》一首之"岁暮情怀,天寒滋味,他乡又向尊前醉。路灯暗比野磷青,天风细碾黄尘碎";《味辛词》中《汉宫春》一首之"底事悲秋,试倚楼间眺,一院秋光。牵牛最无气力,引蔓偏长。疏花数朵,待开时、又怕朝阳。浑不似、葵心向日,一枝带露娇黄";《荒原词》中《鹊踏枝》一首之"过了花期寒未退。不见春来,只见风沙起。乍觉棉裘添暖意,阳春原在风沙里",诸词所写之形象,虽亦为大自然之景物,然而却都蕴含有更深一层之情意和思致。如果将此一类词中之形象与前一类词中之形象相比较,则我们大概可以做如下之区分,即前一类形象仍以写物为主,其情趣亦不过为外物所偶然引发之感受及情趣而已;而后一类形象则已经不完全以物为主,而是心与物之一种交感的呈现,是心中早隐然有某一份情意及思致,不过偶然为物所触发遂不知不觉将此种情意融汇于物象之中,成为一种心物交感的流露。至于第三类则是全然以心中之情意思致为主,不必实在有外物形象之触发,而由心意自己创造一种形象以为表现者,如《霰集词》中《虞美人》一首之

"去年祖饯咸阳道,斜日明衰草。今年相送大江边,霜打一林枫叶晓来寒。深情争供年年别,泪尽肠千结。明春合遣燕双飞,夹路万花如锦送君归",便是全以形象喻写在沦陷区中对故国之怀思者;又如《霰集词》中《临江仙》词之"记向春宵融蜡,精心肖作伊人。灯前流盼欲相亲。玉肌凉有韵,宝靥笑生痕。可奈朱明烈日,炎炎销尽真真。也思重试貌前身。几番终不似,放手泪沾巾"一首,则是全以形象喻写一种对于理想之追求及幻灭之悲哀者;再如《味辛词》中《鹧鸪天》咏佳人的四首词,每首都以"绝代佳人"开端,则完全是以"佳人"之形象来发抒其"美人香草"之幽约悱恻之思者。像这些词中的形象,无论其所写者为"咸阳道",为"大江边",为"灯前"之"玉肌"、"宝靥",为"倚楼"、"倚阑"之"绝代佳人",都并非眼前实有之景象,而完全出于一种假想之象喻,是将抽象之情思转化为具体之形象来加以表现者。以上三类,虽是极概略的区分,但却分明代表了形象与情意相结合的几种最基本的方式和层次。先生对之皆有纯熟之运用。这种艺术的表现手法,正是使得先生之词虽以有心用意为主,然而却能不失之于枯窘,而往往能写得既活泼清新又富于深情远韵的重要原因。

(三)先生前后二期诗作之简介

至于先生之诗作,则可以分别为前后二期言之。前期之作自以收入于《苦水诗存》中之八十四首为代表，后期之作则未尝加以收编，今所辑录，乃仅就先生当日在课堂中所偶然引举之作品，以及先生致友人及学生之书信中之所写录者抄存所得，约计共有一百首左右。先生自己对早期之诗作颇不满意，在其《苦水诗存》之《自叙》中，先生曾自云："余之不能诗，自知甚审，友人亦多以余诗不如词为言。"且曾引述其稚弟六吉之语，以为所作诗"未能跳出前人窠臼"。盖先生之词作无论在修辞及意境方面，皆极富于开拓创新之精神，充满活泼之生命感，而先生早期之诗作则往往不免有二种缺憾：或者过于用心着力有意模仿古人而少生动之气韵，或者虽有生动之气韵而又往往失之靡弱有近于词之处。如其《夜读山谷诗》一首七律之中二联"江南塞北同一月，万古千秋只此身。试遣泥牛入大海，从知野马是微尘"，即为有心模拟江西诗派之作品，可为前一类之代表；又如其《从今》一首七律之颈联"逝水迢迢悲去日，横空冉冉爱痴云"二句，清新婉丽，气韵生动，然而却不免稍嫌靡弱，可以为后一类之代表。据先生之《自叙》，其致力于诗之写作，亦复既勤且久，而其成就乃竟尔不及其词。先生尝自云其为词时"并无温、韦如何写，欧、晏、苏、辛又如何写"之意，而其为诗，则常不免有模拟古人之念横亘胸中。故先生又尝自谓"惟其学故未必即能似，即其似故又终非是也"。夫以先生在词作中所表现之开拓创新精神之健举发扬，何以方其为诗之时乃竟为古人之所羁缚，或者竟流入于词之风格而不能更有所振发突破？其所以然者，私意以为大约由于以下之二种因素：其一，盖由于学习之过程不同。据先生自言，其为诗乃全出于幼年时受其父金堰公之教导；而其为词则全出于一己之爱好。据先生幼女顾之京君之叙述，知金堰公课子甚严，常将先生拘缚于书桌之前，不使嬉游，此种严苛之督导，或者曾使先生在学习中产生一种紧张之心理，此可能为先生之诗作常不免有拘缚着力之感之一因。其二，则可能由于才性长短之不同。盖诗与词之体式风格各异，诗较典重，词较活泼，以诗句入词，尚不失凝炼之美，而以词句入诗，则常不免有靡弱之病。是故历代之能诗者往往亦可以兼长于词，而以词专擅者，则未必能兼长于诗。即以词中之巨擘辛弃疾而言，其所为诗亦复不及其词甚远。此盖由才性之禀赋不同，故其所长所短亦各有能有不能也。

然而先生在其后期之诗作中，则曾经以多年所积之学养，终于突破前所叙及之二种缺憾，而表现出相当可观之成就。如其《和陶渊明饮酒诗》之五古二十首，赠冯君培先生夫妇之五律四首，以及自一九四四至一九四八年间所写之七言律绝多首，便都各有其足以超越早期作品的专胜之处。综而言之，其后期作品之成就大约有以下几点之特色。其一、由于写作之修养日深，遂自拘谨生硬转而为脱略娴熟，如其《晚春杂诗》及《春夏之交得长句数章》的两组七言绝句，便都能于疏放中表现深蕴之致，极为老练纯熟。又如其赠冯君培先生夫妇之五言律诗四首,则更能于脱略娴熟之中寓托感怀时事之深意。此四诗盖写于一九四七年之秋,诗前有长序云:"秋阴不散,霖雨间作,一日午后,往访可昆、君培伉俪于沙滩寓所,坐至黄昏,复蒙留饭,纵谈入夜,冒雨归来,感念实多。年来数数晤对,留饭亦不可胜计,而此次别来已一星期,仍未能去心,自亦不解其何因。今日小斋坐雨,乃纪之以诗,共得短句四韵四章,即呈可昆与君培。私意固非仅识一时之鸿爪而已,谅两君亦同此感。"诗中之句,如"涂长叹才短,语罢觉灯明","云压疑天矮,雨疏闻地腥"及"人终怜故国,天岂丧斯文"诸联,莫不属对娴熟、疏放自然。此种成就之达致,除因其长久写作之修养以外,盖更有对于赠诗之对象之一份故人知己之感,而且自其写诗之时代及诗前之长序所隐约喻示的含意观之,意者先生当日与冯先生夫妇之所"纵谈"者,或不免有涉及当时政局之语,故先生序中乃谓此四章诗,"固非谨识一时之鸿爪而已"。是以其诗句中亦往往于脱略娴熟之声吻中,别含感慨沉郁之意,这是先生后期诗作之可注意的成就之一。再则,先生阅世既久,思致日深,因之乃能将情感与思致及议论互相交融成为一体,如其和陶渊明《饮酒》诗二十首五古,便时时有精警之句,而又极为朴质自然,深得陶诗之意致。如其第五首之"显亦不在朝,隐亦不在山。拄杖街头过,目送行人还。所思长不见,默默亦何言",第十首之"藐姑射之仙,绰约若有余。苟能得其意,此世良可居",第十四首之"振衣千仞岗，出尘安足贵。谁与人间人，味兹人间味"，第十七首之"耻作鸟兽徒，甘落尘网中"，第十九首之"知足更励前，知止以不止"诸诗句，便都是这一类情思与议论交融、充满精警之意而又写得极为朴质自然的诗句的代表，这是先生后期诗作中第二点可注意的成就。三则，先生写作表达之力既已臻于极为纯熟之境，故其用心着力之处，已能变生硬为矫健，而尤以七言律诗中之二联对句，最能表现其健举之致，如其《开岁五日得诗四章》中之"高原出水始何日，深谷为陵非一时。故国旌旗长袅袅，小园岁月亦迟迟"与"重阳吹帽识风力，五月披裘非世情。云路还输远征雁，星光自照暗飞萤"诸句，便都能于七律常格之靡弱与江西派之生硬以外别具健举的笔力，是先生后期诗作中之另一点可注意的成就。是则吾人固不可因其早年在《苦水诗存》之《自叙》中有"诗不如词"之一语，因而便对先生之诗作遽尔加以忽视也。不过，如果以数量计之，则先生之诗作与先生之词作相较，大约尚不及其词作的二分之一，且方面亦不及词作之广，是以今兹介绍先生之创作，乃将词作置于诗作之前。至于先生在戏曲方面之创作，亦有极可重视之成就，此点当于下一节再加论介。

（四）先生剧作中之象喻意味

先生共写有杂剧六种，即《馋秀才》《再出家》《马郎妇》《祝英台》《飞将军》与《游春记》。第一种《馋秀才》仅有二折，写于一九三三年，据先生跋文自言，此剧乃"开始练习剧作时所写"，其后编订剧集时，并未将此剧收入，因此我在本文所讨论者，便将只以两本剧集为主。如果就这两本剧集而言，我以为先生之最大的成就是使得中国旧传统之剧曲在内容方面有了一个崭新的突破，那就是使剧曲在搬演娱人的表面性能以外，平添了一种引人思索的哲理之象喻的意味。这种开拓，就先生而言，并非只是一种偶然的成就而已，而是有着深思熟虑之反省和用心的结果。本来就中国旧日之剧曲而言，元明两代之杂剧与传奇，其作者虽多，作品虽众，然而却因为受到当时历史及社会背景之种种限制，以致其文辞虽偶然亦有可观之处，然而其内容则大多以表演故事及取悦观众为主，极少如西洋戏曲之富于深刻高远之哲思者。王静安先生在其《静安文集续编》之《自序二》中，就曾提出说："吾中国之文学最不振者莫戏曲若。元之杂剧，明之传奇，存于今日者，尚以百数，其中之文字虽有佳者，然其理想及结构，虽欲不谓至幼稚、至拙劣，不可得也。"王氏之所以有此看法，主要是因为王氏有见于西方文学中之戏剧方面之成就之伟大过人，相形之下便感到中国戏曲在内容方面之浅陋空乏，于是王氏便也曾一度有志于戏曲之创作。诸凡此意，王氏在其《文学小言》及《自序》诸文中皆曾屡屡言及，只可惜王氏虽然有从事戏曲创作之意愿，然而却并未能将之付诸实践，而王氏所未曾完成之意愿，却在先生之手中真正获得了完成。先生在其《游春记》

杂剧之《自序》中，也曾致慨于中国旧日剧曲内容之无足取，说："从事剧曲者，率皆庸凡、肤浅、狂妄、鄙悖。是以志存乎富贵利达者，其辞鄙；心系乎男女风情者，其辞淫；意萦乎祸福报应者，其辞腐；下焉者为牛鬼，为蛇神，为科诨，为笑乐，其辞泛滥而无归，下流而不返。"从先生对旧日剧曲之严格的批评来看，可知先生对自己所创作之剧曲，必然含有严格的要求和理想，这是我们所可以断言的。因此，下面我们便将对先生的两本剧集做一番较详细的探讨和介绍。

先生之第一本剧集《苦水作剧三种》及《附录》一种，共收有杂剧四本，为了便于以后之讨论起见，我们不得不在此先对此四本剧曲之内容略作简单之说明：第一本题目为"继缘和尚自还俗"，正名为"垂老禅僧再出家"，故事内容主要写一和尚名继缘者，在大名府兴化寺出家，因有一乡亲名赵炭头者为梨园行之净色，携其妻子什样景卖艺至大明府，不幸染病卧床，继缘和尚常往看顾，并以钱米相资助。其后赵炭头病殁，临危之际，以其妻托于继缘和尚。及赵炭头殁后，继缘初不肯与什样景结为夫妇，但仍常往探问，以钱米相助，什样景责其救人不肯救彻，遂终于结为夫妇，并育有一男一女。其后二十年儿女俱已长成，什样景染病而殁，继缘和尚遂再度出家。第二本题目为"碧窗下喜共读，绿水边愁送别"，正名为"梁山伯墓生花，祝英台身化蝶"，内容写祝英台与梁山伯原有指腹为婚之约，其后梁生落魄，祝父悔婚，而英台则因曾与山伯共读，互生情愫，其后祝父迫英台改嫁，山伯病死，当英台被迫嫁往马家途中经山伯墓前见墓上有红花，英台亲往摘取，山伯墓爆裂，英台跃入墓中殉死，其后魂魄双双化为蝴蝶。第三本的题目为"柏林寺施舍肉身债"，正名为"马郎妇坐化金沙滩"。故事内容写延州人民不识大法，堕落迷网，有马郎妇者誓愿舍肉身为布施以渡化众生，而当地诸长老以之为淫妇，迫逐之使去，马郎妇于临行前遂坐化于金沙滩上。第四本《附录》一种，题目为"困英豪弓矢空射虎，逞威势衣冠赛沐猴"，正名为"霸陵尉临阵先破胆，飞将军百战不封侯"，故事内容写汉武帝时将军李广罪免家居，时往南田山中射虎，一夕见巨石，以为虎也，射之，中而没羽，又曾醉归为霸陵尉所辱，虽多次与匈奴战而终身无功。先生在每本杂剧之后皆附有跋文，记叙故事之所出及写作之经过。除了《祝英台》剧之出于民间流行之故事及《飞将军》剧之出于《史记》之《李将军列传》较为众人所熟知以外，至于其他二剧，则《再出家》之故事盖出于宋洪迈《夷坚志》之《野和尚》条，《马郎妇》之故事则出于明梅禹之《青泥莲花记》。不过先生所采用者实在仅不过为故事之梗概而已，至于详细之关目情节则皆出于先生自己之创造，与原来之故事亦多有不尽相合者。本来元人杂剧之本事亦往往多取材于旧史及说部而加以增删和演义。自其表面观之，则先生剧作之取材与元杂剧之取材实在极为相似，不过事实上其间却有一点绝大的不同之处，盖元剧之所写者无论其与原来之本事之是否相同，总之其写作之目的多不过仅为搬演之际可以取悦于观众而已。而先生之所写则是并非仅为供搬演之戏剧，而更为供阅读之戏剧，其目的并不在于搬演一个故事，而是要借用搬演故事之剧曲，来表达出对于人生之某种理念或思想。这种写作态度，无疑的曾受有西方文学很大的影响。先生在其《游春记》一剧之序文中，便曾经赞美古希腊之《普拉美修斯》（Prometheus Bound）一剧说："其雄伟庄严，集千古而无对，而壮烈之外，加之以仁至义尽，真如静安先生所云'有释迦、基督担荷人类罪恶之意'。"从这一段话看来，则先生自己在剧作方面的理想，也就可以想象而知了。

在《苦水作剧三种》及《附录》一种之剧集中，如果就其内容用意言之，则其中最容易使人将其中之含意认识清楚的，实在是取材于《史记》的《飞将军》一剧，这本杂剧主要是借着"飞将军百战不封侯"的故事写一个失意的将军，虽有着杀敌的本领却一直未能得到杀敌之机会的命运之悲剧，我们现在就把其中最值得注意的曲子抄录下来一看：

第一折之〔油葫芦〕云：

得志的儿曹下眼看，分什么愚共贤，金章紫绶更貂蝉，马头一顶遮檐儿伞，乔躯老直走上金銮殿，没学识，没忌惮，老天你好容易生下个英雄汉，却怎生觑得不值半文钱。

第四折之〔大石调六国朝〕云：

纪念我的老师清河顾随羡季先生

> 粘天衰草，动地胡笳，积雪压穹庐，寒冰凝铁甲。虎瘦雄心在，听冬冬更鼓初挝，月上夜光寒，映缕缕将军白发。谁承望封侯万里，堪怜早六十年华，还说甚杀敌掳名王，空只是临风嘶战马。

前一支曲子写一些不学无术的人们都得到了高官显爵，而真正有杀敌本领的英雄却被投闲置散；第二支曲子写白发的将军虽然雄心未老而却壮志难酬。两支曲子都写得感慨悲壮，把这一本杂剧的主题和用意表现得十分有力量。

其次一本主题和用意也比较容易认识清楚的则是《祝英台身化蝶》一剧。本来这一个民间故事已经流传了很久，从元代之杂剧直到今日之电影及地方戏，都有根据这一个故事而改编的作品。一般说来，大家对此一故事所着重的主题约有两点：其一是强调生离死别的爱情之悲剧；其二是强调对于旧礼教之批判。前者赚人热泪；后者引人反抗。但私意以为先生所写的这本杂剧，其重点却似乎除去前二者之外还另有所在，那就是对于足以超越生死的精诚之心意的歌颂。在这本杂剧的第三折中，曾写到梁山伯死后托梦给祝英台说："如今我的墓上生了一株红花，是从墓中我的心上生出来的。"又说："姐姐，你记住，那花儿须是你自己摘，别人摘不下来的。"其后在第四折中写到祝英台在嫁往马家的路上经过梁山伯墓地的时候果然见到墓顶上赤艳艳地开着一朵红花，当时祝英台曾唱有一支曲子：

〔甜水令〕似这般三九严冬，寒云凝雾，坚冰蔽野，林木也尽摧折，则那一朵红葩，朝阳吐艳，临风摇曳，除是俺那显神灵的兄弟英杰。

其后写到坟墓爆裂，祝英台在投身入墓之前又唱了一支曲子：

〔离亭宴带歇指煞〕呀，俺则见疏剌剌地狂风一阵飘枯叶，骨都都地黄尘四起飞残雪，浑一似呼通通地山崩地裂，还说甚冉冉地夕照影萧寒，漠漠地天边云黯澹，涓涓地山水流呜咽。则你那里苦哀哀地百年怨恨长，俺这里冷森森地三九冰霜冽，禁不住扑簌簌地腮边泪泻。只道你瑟瑟地青星堕碧霄，沉沉地黄壤瘗白玉，茫茫地沧海沉明月，从此便迢迢千秋无好春，悠悠万古如长夜，却原来皇皇地英灵未绝。马秀才你寂寂地锦帐且归休，梁山伯咱双双地黄泉去来也。

在这两支曲子中，所表现的都不是像一般电影或戏曲中之只知赚人热泪的哀哭而已。先生所写的是一种精诚的心志之力量，是虽然在死后也能在墓顶上于三九严冬寒云凝雾中开出的赤艳的红花，是能够使得隔绝死生的无情的坟墓都为之爆裂的"皇皇地英灵未绝"。虽然这些奇迹并不一定合于科学上之"真实"，但这种精诚所至金石为开的坚贞的心意，却是千古以下都会使人受到感动和激励的。而先生全剧所要表现的就正是这种精神力量的一种象喻，这与一般只写一个悲剧故事，或者借此不幸之悲剧以表现对于旧礼教之批判的演故事或说教训的表现法是有着很大的不同的。

除去前二种杂剧以外,我以为先生之更易引起别人误会,更难使人了解其真正之主题和用意的,实在是《再出家》和《马郎妇》二本杂剧。因为前二种杂剧无论其真正之用心立意是否为读者所了解,至少从故事本身的外表情节来看,总还不失一种严肃的意味。而《再出家》一剧所写的一个既还了俗又结了婚的和尚,和《马郎妇》所写的一个以肉身布施的淫妇,若只从故事本身的外表情节来看,就更加显得荒诞不经了。然而我却以为这二本杂剧不仅就内容而言,较之前二种杂剧有更为深微之用意,即使就表达之艺术手法而言,较之前二种杂剧也有更可重视之成就。现在我们就先从表达之艺术手法方面来谈一谈。本来中国的小说和戏曲,一向大多是以写实为主的,而且经常带有某些说教的意味。可是先生的这二本杂剧,却是带有一种象征之意味的创作,以整个的故事传达一种喻示的含义,这种表达方式是近代西方小说家、剧作家甚至电影导演,都曾经尝试采用过的一种表达方式,自五十年代后期的尤金·伊欧尼斯柯(Eugene Ionesco)到六十年代的撒姆尔·贝克特(Samuel Beckett)和哈洛德·品特(Harold Pinter)诸位剧作家,他们所写的戏剧便都不仅是一个故事,而是借故事的外形以传达和喻示某种思想或心灵的理念和感受。我这样说,也许会有些人不以为然,因为先生的这两本杂剧都是一九三六年冬天写定的,比西方那些剧作家写作这一类剧本的时间要早了十年以上，而且先生的剧作也并没有像西方那些剧本的极端荒谬的形式和意念，不过无论如何以剧作中之具体的人物情节来喻示某一种抽象的理念情意，这种表达方式则是极为相近的。而先生之所以能够突破了中国旧有的传统，竟然开创了一条与后起之西方剧作家相接近的途径，成为了一位在文学创作之发展中的先知先觉者，其早年研读西方文学所曾经受到的影响当然是不容忽视的。我们前面论及先生对戏剧创作之理想时，已曾引用过先生对于古希腊名剧《普拉美修斯》一剧之赞美的话，以为此一剧表现"有释迦、基督担荷人类罪恶之意"。而古希腊之名剧其含有丰富深微委曲之含意，足以令人思索玩味者，实不仅《普拉美修斯》一剧为然，这正是何以王静安氏及先生都以为中国旧传统之剧作不如西方，而思有志于戏剧之创作的一个主要原因。所以先生之有意在其剧作中寄托一种深微高远的理想和意念，便也是极自然的一种情事。而除了受西洋之剧作的影响以外，我以为西方的近代小说，以及在西方影响下发展起来的五四时期前后的中国近代小说，也都曾给予先生很大的影响。先生喜欢在课堂上谈到鲁迅先生之《阿Q正传》和《狂人日记》等含义深刻的小说，这是凡曾上过先生课的学生都对之有极深刻之印象的；而另外先生在课堂上还曾经谈到过一位俄国作家的作品，大概就不是很多同学对之都留有印象的了。这位俄国的作家名字叫做安特列夫（Andreyev），并不是一位很出名的作者，但他的小说却有一个很大的特色，就是常以小说中之人物情节做为一种抽象的感受或理念的喻示。鲁迅先生曾译有他的两篇短篇小说收入于《域外小说集》,一篇题目为"谩",另一篇题目为"默"。前一篇喻示人生之虚伪,欲杀"谩"而"谩"不死,欲求"诚"而"诚"乃无存;后一篇喻示人生之隔绝寂寞,欲求知谅之不可得。我以为先生盖曾受有此一作家相当之影响,因为先生既对鲁迅先生极为景仰,并曾在课堂中提及此二篇小说,而且先生自己也更曾翻译过另一篇安特列夫之作品,题目为"大笑",内容写一个带有惹人发笑之面具的人,虽然内心极为悲苦,却并无一人能察见其悲苦,而无论此人行至何处,所追随者皆为一片大笑之声。这当然是一篇喻示性的故事。先生此一篇译稿曾经发表在当时北平益世报《语林》第八十八号(一九四六年一月二日)。从先生对戏曲和小说的这些态度和观点来看,先生在自己的剧作中之喻示有较为深刻的含义,这当然是一件极为可能的事。下面我们便将对先生之《再出家》与《马郎妇》二剧之含义略加探讨。

《再出家》一剧之含义,主要可能有以下几点,其一是佛家之所谓"透网金鳞"之禅理。先生在其《稼轩词说》中论及稼轩之《八声甘州》"故将军饮罢夜归来"一首词时,曾经举引过一则禅宗公案,云:"昔者奉先深禅师与明和尚同行脚,到淮河,见人牵网,有鱼从网透出。师曰:'明兄!俊哉!一似个衲僧。'明曰:'虽然如此,争如当初不撞入罗网好?'师曰：'明兄，你欠悟在。'"深禅师之所以如此云云者，盖因未撞入网的鱼，对于网并没有必然能脱出的把握，唯有曾经撞入网而又能脱出的鱼，才真正达到了不被网所束缚的境界。未曾还俗以前的继缘和尚，就譬如是一条未撞入过网内的鱼，所以终不免被网所缠缚，直至其垂老再度出家时，才真正脱出了网的束缚。这一则"透网金鳞"之公案，先生在课堂讲书时亦曾常常举引。所以先生在其所写的《再出家》一剧中之含有这种哲理的意味，该是极有可能的。其次，我以为先生在此剧中可能还寓有一种救人便须救彻的理想。在本剧的第三折写有什样景对继缘和尚所说的一大段宾白，云："师兄，你知道慈悲为本，方便为门，可还知道杀人见血，救人救彻吗？你如今害得我上不著天，下不落地，那里是你的慈悲方便？你出了钱米养活着我，让我来活受罪吗？昔日释迦牟尼，你不曾说来吗，在灵山修道的时节，割肉喂虎，剜肠饲鹰。师兄道行清高，难道学不得一星半点儿？如若不然，让我自己在这里冻杀饿杀，不干你事，从此后休来我面前打闪，搅得我魂梦不安。"这一大段宾白不仅在文字方面写得十分沉着有力，而且在用意方面还提出了一种无论是想要成佛或做人，都应该追求向往的最高理想，那就是不惜自己牺牲或玷污而却要救人救彻的精神。这种用意，先生在讲课时，也曾屡屡及之，而且常常把为人与为诗相并讨论。例如先生有一次在讲到姜白石的词的时候，就曾经批评白石词的缺点是太爱修饰，外表看起来很高洁，然而却缺少深挚的感情。先生以为一个人过于自命高洁,白袜子,不肯踩泥,则此种人必不肯出力,不肯动情。先生所倡示的实在是一种不惜牺牲或玷污自己而入世救人的精神。如果将先生平日讲课的话与这一本杂剧参看,我们就更可以明白先生的《再出家》一剧,所写的决不仅是一个故事而已,而是先生透过故事的形式所要传达的,他自己对于人生的某种理念。这一点认识是非常重要的。至于《马郎妇》一剧所写的以肉身施舍布人的故事,就也正是前一剧之宾白中所说的"割肉喂虎,剜肠饲鹰"之精神的故事化的表现。在《马郎妇》的第一折中,马郎妇一出场,就唱了三支曲子:

〔黄钟醉花阴〕云幻波生但微哂,万人海,藏身市隐。你道俺恋红尘,那知俺净土西方坐不得莲台稳。

〔喜迁莺〕好教俺感怀悲愤。但行处扰扰纷纷,朝昏,去来车马,恰便似漠漠狂风送断云,无定准,都是些印沙泥的雁爪,沿苔壁的这蜗痕。

〔出队子〕有谁知此心方寸?田难耕,草要耘,一分人力一分春。转眼西天白日曛,可怜这咫尺光阴百岁人。

在这三支曲中,第一支曲子所表现的实在就是"我不入地狱谁入地狱"的救世精神。第二支曲子则是写人心之纷扰痴愚。然而先生对人世所采取的却又决不是完全否定消极的态度,所以下面第三支曲子先生所写的就是在心灵之修养持守方面,所当做的努力。而更可注意的其实是第四折马郎妇所唱的另一支曲子中所蕴含的一种抱有救世之慈悲的深愿，然而却不能为世人所了解和接受的深刻的悲哀：

〔醋葫芦·么篇之二〕：俺常准备着肉饲虎肠喂鹰，走长街吆喝着卖魂灵，您当俺不是爷娘血肉生。俺生前，无谁来相亲敬，俺死后将这臭皮囊直丢下万人坑。

又结尾一支曲子中的最后二句："我请那释迦佛来作证，则被着恶名儿直跳下地狱最深层。"像这些曲文可以说对本剧所蕴含的意旨都有着明白的提示。因此我们说先生的剧作中有着严肃深刻的取义，这是足可以为证的。

至于先生的第二本剧集《游春记》，其内容则取材于《聊斋》中之《连琐》一则故事。据先生在《自序》中所云，此剧之著笔盖始于一九四二年一月间，而其完稿则在一九四五年之二月中。《自序》又云："初意拟为悲剧，剧名即为《秋坟唱》，既迟迟未能卒业，暇时以此意告之友人，或谓然，或谓不然。询谋既未能佥同，私意亦游移不定。今岁始决以团圆收场。《游春》之名，于以确立。"当先生撰写此剧之时，也正是我从先生受业之时，记得先生当日也曾与同学们谈及此剧将以悲剧或喜剧结尾之问题，而且也曾在课堂中论及西方悲剧中之人物性格，其所曾讨论者，先生已大半写之于《游春记》之《自序》中。先生为"悲剧"及"喜剧"所下之定义与西方并不尽同。依先生之意，以为"悲剧中人物性格可分二种，其一为命运所转，又一种则与命运相搏"。对所谓"与命运相搏"

者，先生又曾加以诠释，曰："遇有阻难，思有以通之；遇有魔障，思有以排之。……通之而阻难且加剧焉，排之而魔障且益炽焉，于是乎以死继之，迄不肯苟安偷生，委曲求全。……窃意必如是焉，乃成乎悲剧之醇乎醇者矣。"持此一标准以求，先生以为西方莎士比亚之剧"若韩穆莱特，若利耳王，其显例已"。而在中国之元明杂剧及传奇中，则根本缺少此类之悲剧。先生曾引王静安先生《宋元戏曲考》之言曰："明以后传奇，无非喜剧，而元则有悲剧在其中。"然依先生之见，则以为"即以元剧论之，若《梧桐雨》、若《汉宫秋》，世所共认为悲剧也，顾明皇与元帝皆被动而非主动，乃为命运所转，而非与之相搏。若《赵氏孤儿》剧中之程婴与公孙杵曰，庶几乎似之。然统观全剧，结之以大报仇"，凡此类戏剧，严格地说起来，盖皆不合于先生为悲剧所下之定义。在先生的标准下，元明诸剧作中可以说并无理想之悲剧。至于所谓"喜剧"者，则先生以为静安先生所说的明以后传奇中之喜剧，实在不得称之为"喜剧"，而"当谓之'团圆剧'始得耳"，而"团圆剧"则是被先生平时常目为"堕人志气、坏人心术者也"。盖以一般团圆剧之所写者，多不过为功名成就，亲事合谐，斯不过为人情物欲之满足而已，故先生以为此种戏剧多属浅薄庸俗，全无高远之理想志意可言。那么先生所理想之喜剧又该是怎样的呢？先生在《自序》中对此虽然并无详细之阐释，而却有一段简短的说明，云："今之为此《游春记》也，其自视也则又何如？则应之曰：'人既有此生，则思所以遂之，遂之方多端，而最要者曰力。其表现之于戏剧也，亦曰表现此力则已耳。其在作家，又惟心力体力精湛充实，始能表现之。悲剧、喜剧，初无二致。'"如果从这一段简短的提示以及《游春记》一剧本身之故事来看，我们可以推测先生理想中的"喜剧"与其所谓"堕人志气、坏人心术"的"团圆剧"必然有很大的不同，而最主要的分别，则在于先生之所理想中的"喜剧"是要表现有一种为求遂其生而须付出追求之艰辛的"力"的作品。假如从这一种衡量的标准来看，我们便会发现先生的《游春记》之所以选取《聊斋志异》中之《连琐》一则故事作为素材，而决定以"喜剧"为结尾，其中是有着深刻之取意的。

首先从故事之取材而言，我以为先生之所以选取了《聊斋》中之《连琐》一则故事作为素材的缘故，主要盖取其由死而复生的一点象征的用意，这当然与把此一故事只看做僵尸复活之迷信的事件有着绝大的不同，先生只是借用此一则故事来表现一种可以起死人而肉白骨的精神和感情的伟力，同时也表现一种求遂其生的强烈的意志和愿望。在本剧第一本的第一折中，正末杨于畏出场所唱的第一支曲子《仙吕点绛唇》中所描写的虽然是"黄叶凄凄，又是悲风起"的秋天肃杀悲凉的景色，可是紧接着的第二支曲子《混江龙》，杨于畏所唱的却是"任岁月难留如逝水，尽摧残不尽是生机"的对坚强的生意的歌颂,同时还唱出了他自己的"则平生有多少相思意,相伴着花开花落,春去春归"的缠绵执着的感情。到了第二折中,写连琐的鬼魂出现,则象征了一个多情美好的生命被幽闭于隔绝凄冷之世界中的悲哀寂寞的心情,也曾经透过杨于畏的口吻唱出了下面一支充满同情之感的曲子:

〔十二月〕可怜他腰肢瘦损,肺腑难申。空剩下一身的窈窕,融解作四野氤氲。则他那无边的怨苦,直引起半世的酸辛。

到了第三折,则写出了对于爱情和生命之追求寻觅中的徘徊和迷惘,如杨于畏所唱的下面一支曲子:

〔川拨棹〕情暗伤,他争知人见访?俺则见风冷云黄,水远山长,树映着朝阳,叶带着余霜,起伏着陀岗,上下着牛羊。我耐无聊,徘徊半晌。则夜来的吟诗,真个也,梦想?

到了第四折则由正旦连琐作为主角,于是就更为直接地唱出了她自己的多情而被幽闭的凄怨,如下面一支曲子:

〔紫花儿序〕一夜夜清眸炯炯,绣履轻轻,翠袖盈盈。行来荒野,立尽残更。无情。有情呵,幽闭在泉台下待怎生!

然后就接写连琐之鬼魂被杨于畏的诚挚之情所感动,于是而前来与之相会,曾经唱了几支曲子,表现出对于感情的诚挚的力量的感动,例如下面的一支曲子:

〔调笑令〕月明，澹云横。想昨夜三更那后生，立荒园不管风霜劲。把新诗霎时酬定。则他那聪明更兼心志诚，热肠儿敢解冻融冰。

以上是本剧的第一本，一共四折，只写到连琐的鬼魂与杨于畏相见为止。

到了第二本开始，故事的背景就已经由前一本之凄寒的秋日转变为风雪凛冽的严冬。如果说前一本之秋日的背景象喻了虽然在凋零肃杀之中也难以被摧毁的生机，那么第二本第一折之严冬的背景则更可以说是有着两层的提示和暗喻，其一是因季节之改变所暗示出来的杨于畏与连琐之间的感情的增长和坚定；其二是因严寒的凛冽才更可显示出对于生机之追寻有着不畏风雪的坚强执着的精神。所以在第二本的第一折，连琐一上场所念的定场诗的末二句就是"常爱义山诗句好，不辞风雪为阳乌"，表现了虽然在严冬中但坚决要追求光明和温暖的坚强的心意。到了第二本的第二折，则季节已经自严冬转为风光明媚的春天，而连琐的幽魂也已经洋溢着满怀生意。所以在这一折中，连琐一上场所唱的定场诗的末二句就是"幽绪满怀蚕作茧，生机一片水生涛"。但若只是连琐心中有了这一片生机却仍嫌未足，正如古今中外所有的神话或宗教中所喻示的一样，凡一切再生的救赎，都需要有一种牺牲的血祭，因此连琐便向杨于畏提出了要以一滴活人的鲜血滴入脐中的要求。当这一幕庄严的仪式完成以后，正末杨于畏在下场时念了一首下场诗，说:"带月荷锄汗未消,南山曾记豆生苗。谁知深夜明灯下,一朵心花仗血浇。"这首诗用陶渊明写躬耕之辛苦的诗句"带月荷锄归"来喻写对于心田中之心花的浇灌,正可见出凡属一切收获皆须付出汗血之代价的严肃的意义。到了第三折是对连琐之起死回生的正面的叙写,在这一折中,先生用了北曲中一套著名的套曲〔九转货郎儿〕,是先生的用力之作,其中有几支曲子写得笔酣墨饱,非常出色,例如:

〔九转货郎儿〕也是俺的至心宁耐,也亏俺的痴心不改,感动得巫娥飞下楚阳台,我破家私将春光买,我下功夫将好花栽。也有个万紫千红一夜开。

〔四转〕且莫道人生如梦,说不尽至心爱宠。将一幅画图儿叫真真,叫得哑了喉咙。也有个幽灵感动,悲欢相共。恰便是向荒田中,沙漠里,将情苗种。也有个一夜东风装点春容。人道是三山难遣风相送,凡人休作神仙梦,你看俺恰便是挂起了帆篷,东指云海蓬莱有路通。

〔八转〕俺这里凝看不瞬,他那里星眸闭紧。告巫阳好和俺赋招魂。且将这安息漫焚,漫焚,悄无声,气氤氲,我静待青春归来讯。则见他挪娇身也么哥,沈香津也么哥,鬈下鬓云,慢转秋波,动着樱唇。渐渐地娇红晕粉,晕粉,两朵明霞弄腮痕,越越地添风韵。听微呻也么哥,看轻颦也么哥,这一番亲到瑶台逢玉真。

这里所引的三支曲子,前二支写经过艰苦的寻求和期待以后,终于可以如愿得偿的欢欣和兴奋；第三支则写亲眼得见到自己所期待已久的美好之生命的复活。先生将之写得极为细腻生动，而所有的描写其实都带有超越于现实之上的一种象喻的含意。这种用心，是读者所绝不应该对之忽略的。

以上第一本四折和第二本之前三折，剧中的故事情节与《聊斋》中之《连琐》一则的故事大抵可以说相差不远。到了第二本的第四折所写的杨于畏与复活以后之连琐并马游春的故事，则不是《聊斋》之所原有，而是全出于先生自己之想象和创造了。如果我们想到先生在《自序》中所曾提到的最初写此剧时对于以悲剧或喜剧结尾的慎重考虑，我们就会知道先生之所以决定以喜剧结尾，并且增出此一折《聊斋》中所本来没有的"游春"的情节，更把全剧定名为《游春记》，这其间必然有先生一种深微的用意。我以为先生此一折所要写的，实在应该是理想中一种美满之人世的象喻。而且更可注意的是先生在其所写的"游春"之中，还特别安排了"登山观海"的叙写，也就是说先生所理想中的美满的人世，不仅应有如春日的欣荣，而且更应该有一种如同"登山观海"之高远的蕲向和志意。关于这种象喻的意义，先生在这一折的剧曲中，也有足够的叙写和暗示。例如当剧中写到杨于畏与连琐来到海滨观海的时候，他们二人曾经有几句宾白，先是"（末云）娘子，你觑兀的不是大海当前也。""（旦云）相公，你听林籁涛声，宫商并作，好悦耳也。"于是下面正旦连琐就

接唱了几支曲子:

〔耍孩儿〕自然海上连成奏,多谢你个挡弹妙手,相伴着长林虚籁正清幽,珊珊佩玉鸣璆。说什么翠盘金缕霓裳舞,月夜春风燕子楼,到此间齐低首。听不尽宫音与商音同作,看不尽云影和日影交流。

在这支曲子中对于海的赞美,当然也就象喻着对于一种高远雄壮的美好的境界的向往。后来写到海上日落,正旦连琐又唱了一支曲子:

〔一煞〕遥空晚渐低,绮霞明未收,将海天尘世一起来庄严就,将遍人间绛蕊融成色,合天下黄金铸一个球。潮音里响一片钧天奏。比月夜更十分渊穆,比春朝加一倍温柔。

在这一支曲子中,其歌颂和象喻的意味,比前一支曲子就更为明显了。我以为在中国文学史上,无论是在任何一种文学形式的创作中,如此富于反省自觉地苦心经营,使用象喻的手法写出一种至圆满、至美好之理想人世之境界者,实当以先生此剧为第一篇作品,这一种成就和用心是非常值得我们尊敬和重视的。

最后我还要提出一点小小的补充说明,就是在此一剧中,先生曾经为杨于畏安排了一个净扮的书僮抱琴,时常做一些插科打诨的说唱和动作。这是剧作中常有的一种调剂,不必有若何深意。至于在下卷第一折前面的楔子中先生又安排了杨于畏的四个学友来书斋中作闹之事,则一来因《聊斋》的故事中也有关于这些情事的记叙,而且这种安排也暗示了在对于美好之事物的追寻过程中,也往往可能会遇到一些对美好之事物不知珍重爱惜、而竟以焚琴煮鹤之恶作剧为乐的人物。如此则此一楔子中之玩闹的恶作剧,便也隐然有一层象喻之意味了。

(五) 尾言

如我在前文所言,我聆听羡季先生讲授古典诗歌,前后曾有将近六年之久,我所得之于先生的教导、启发和勉励,都是述说不尽的。当一九四八年春,我将要离平南下结婚时,先生曾经写了一首七言律诗送给我,诗云:"食荼已久渐芳甘,世味如禅澈底参。廿载上堂如梦呓,几人传法现优昙。分明已见鹏起北,衰朽敢言吾道南。此际泠然御风去,日明云暗过江潭。"先生又曾给我写过一封信,说:"不佞之望于足下者,在于不佞法外,别有开发,能自建树,成为南岳下之马祖,而不愿足下成为孔门之曾参也。"先生对我的这些期望勉励之言,从一开始就使我在感激之余充满惶愧,深恐能力薄弱,难副先生之厚望。何况我在南下结婚以后不久,便因时局之变化,而辗转经由南京、上海而去了台湾。抵台后,所邮运之书籍既全部在寄运途中失落无存,而次年当我生了第一个孩子以后不久,外子又因思想问题被捕入狱。我在精神与生活的双重艰苦重担之下，曾经抛弃笔墨、不事研读、写作者，盖有数年之久。于时每一念及先生当日期勉之言，辄悲感不能自已。其后生事渐定，始稍稍从事读、写之工作，而又继之以飘零流转，先由台湾转赴美国，继又转至加拿大，一身萍寄，半世艰辛，多年来在不安定之环境中，其所以支持我以极大之毅力继续研读、写作者，便因为先生当日对我之教诲期勉，常使我有唯恐辜恩的惶惧。因此虽自知愚拙，但在为学、做人、教书、写作各方面，常不敢不竭尽一己之心力以自黾勉。而三十年来我的一个最大的愿望，便是想有一日得重谒先生于故都，能把自己在半生艰苦中所研读的一点成绩，呈缴于先生座前，倘得一蒙先生之印可，则庶几亦可以略报师恩于万一也。因此当一九七四年，我第一次回国探亲时，一到北京，我便向亲友探问先生的近况，始知先生早已于一九六〇年在天津病逝，而其著作则已在身后之动乱中全部散失。当时中心之怅悼，殆非言语可喻。遂发愿欲搜集、整理先生之遗作。数年来多方访求，幸赖诸师友同门之协助，又有先生之幼女现在河北大学中文系任教之顾之京君，担任全部整理、抄写之工作，更有上海古籍出版社，热心学术，愿意接受出版此书之任务，行见先生之德业辉光一向不为人知者，即将彰显于世。作为先生的一个学生，谨将自己对先生一点浮浅的认识，简单叙写如上。昔孔门之弟子，对孔子之赞述，曾有"仰之弥高，钻之弥坚，瞻之在前，忽焉在后"之语。先生之学术文章，固非浅薄愚拙如我之所能尽。而且我之草写本文，本来原系应先生幼女顾之京君之嘱，所写的一篇对先生之教学与创作的简介，其后又经改写，以之附于先生遗集之末，不过为了纪念先生当日之教导期勉，聊以表示自己对先生的一份追怀悼念之情而已。

> 受业弟子叶嘉莹谨识
> 一九八一年六月初稿
> 一九八二年四月改写
> 一九八二年八月定稿

纪念我的老师清河顾随羡季先生

后 记

先父遗著《顾随文集》即将再版了。在这部文集与读者见面的前夕，编辑同志要我写几句话附于卷末，我也觉得确有些话语需要告白于读者。

我这里想要说的，不是先父遗著对我国古典文学与文艺理论研究的价值，或对当今文学创作实践的意义，——这些须由读者去评说。我要说的是：这部遗著能与读者见面，有一段非同一般的经历。这部遗著固然凝聚着先父一生在研究与创作上所付出的心血，同时它也凝聚着收存先父遗稿，关怀、指导、汇编此书的各位前辈和学人的心血。

先父的一生是在讲学、著述、创作的文墨生涯中度过的。他潜心于中外古今文学作品和理论的研究，把精深独到的见解融入讲课之中，使从他受教者获得益处和启迪。然而，他那些形之于笔墨的理论著述却不曾轻易拿出发表。因此，他所写的文章虽是平日研索学问的结晶，却常常是写好就把手稿交给友人或学生去品评，有时甚至是直接把自己论学的见解写在书信中，一封信本身竟是一篇很长的论文。因此他的论著已刊布者不多，而未刊者也大都不保存在自己家中。

加拿大籍华裔学者叶嘉莹教授是先父二十世纪四十年代任教于辅仁大学时的学生，她在就学期间与毕业以后，从先父学习古典诗词达六年之久。此后她由北方而至南方，又由国内辗转而至海外，而今她已是一位知名的中国古典文学专家。当嘉莹教授于一九七四年回到祖国，期望与阔别三十载的老师会面畅叙，并献上自己的研究业绩时，她哪会料到，我的父亲已经离开人世十五年了。嘉莹教授沉痛地发愿要为她的老师整理一部遗集。她本保存着先父早年的部分文稿，而我这里恰巧还存有后期的一些资料。嘉莹教授又利用几次回国讲学的机会，寻访旧日师友，多方征集遗稿，不断为文集扩充、增补内容，并要我帮她来作誊录、整理的工作。对嘉莹教授如此诚挚的师生之谊以及她对祖国文化的珍爱之情，我深为敬佩；而她对我的鼓励与信任，又使我深受感动。因此，我虽自知才浅学疏，难以胜任此项工作，还是欣然接受了。我在整理文稿的过程中，每项工作都得到嘉莹教授的悉心指导。嘉莹教授还亲自与上海古籍出版社联系文集的出版事宜，并撰写了近三万言的长篇纪念文章附于集后。我想先父在九泉之下，也定然会无限欣慰的。

关于先父文集的编辑出版，本来在二十世纪六十年代初期父亲去世不久，天津百花出版社就曾经进行过安排，并汇集了遗稿。在那部未曾付梓的文集中，最可宝贵的部分来自父亲的另一位学生周汝昌先生。父亲生前与汝昌先生情兼师友，自一九四一年以次，书信往还，研讨学术唱和诗词，不曾间断。先父的这些讨论学术、文艺的信札和专文，汝昌先生最为珍爱，妥为收藏，历劫无失。为了编印先父遗文，汝昌先生专赴津门，将其亲付经手之人。然而，令人痛惜的是，那部遗集因故未能立即付印，而汝昌先生献出的那批珍贵的手稿和当时搜集到的其他文稿，经过十年动乱都已下落不明，这实在是一个难以弥补的巨大损失。汝昌先生曾多次向我诉说："先师的后半生除了正规的登堂讲授以及其他教学工作而外，几乎全部精力都倾注在这一大批书札和论文之中，这些都是一色手稿，高超的手笔，精深的见解，遒美的书法，令人爱不忍释，其内容涉及到诗、词、曲、文、戏剧、小说、红楼梦、曹雪芹、书法、文物、音韵、文字学、民俗学、外国文学……。我把篇幅最完整、内容最精粹的这一数量可观的部分交付于人，可是，我后来怎么努力也追问不出这一批瑰宝的下落了！"他每言及此，都是要大动感情的，因为他认为这个损失是太大了，也太令人憾恨了。所幸文集的再次编订出版终底于成，无论对于死者、对于生者，这都是一个极大的慰藉。

当年整理编订文集，得到王双启、史树青、吴小如、周汝昌、张中行、郭预衡、杨敏如、刘在昭、萧雨生、阎贵森诸位先生的热心帮助与指教，或提供遗稿，或协助搜集核校，或对编订提出宝贵意见，如此方使文集初具彼时之规模。先父生前挚友、著名学者冯至老伯一直十分关注文集的出版，他老人家在参加全国性会议期间，还打电话给我，询问遗稿收集整理的进展情况，又提供先父的诗词手稿，关心文集的内容安排，而且亲自为文集题签。今日，谨向冯至老伯和诸位先生再次致以由衷的敬意和谢忱。

昔日上海古籍出版社为繁荣学术研究、丰富文化积累而决定出版先父的文集，编辑部陈邦炎、邓韶玉先生对文集的出版进行了周严的思考、细密的编订；而今文集再版，责任编辑王鹤则精益求精地进行了全新的版式设计、全面的文字校对。他们对学术研究与编辑工作的热忱，令人感佩。

顾之京
一九八四年六月于河北大学
二〇二二年六月于河北大学改定